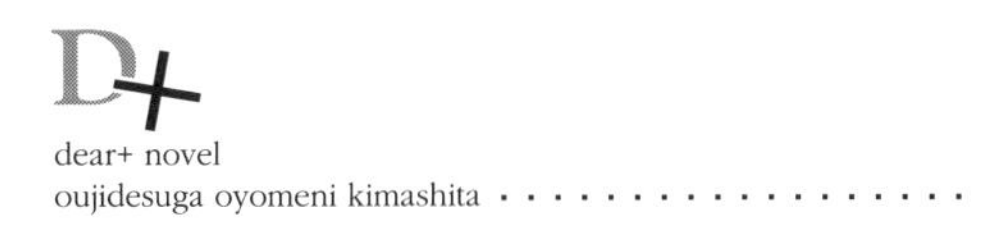

王子ですが、お嫁にきました

小林典雅

新書館ディアプラス文庫

王子ですが、お嫁にきました

contents

王子ですが、お嫁にきました……005

あとがき……200

その後のふたり……202

illustration : 麻々原絵里依

王子ですが、お嫁にきました

OUJIDESUGA OYOMENIKIMASHITA

決行するなら今夜をおいてほかにない。

折しも満月で、お目付け役のケアリー卿も不在という千載一遇のチャンスだ。

七日後に二十歳の誕生日を迎えれば、翌日には婚礼の儀が控え、家出なんてとてもではないが不可能になってしまう。

今夜必ずやり遂げなくては。

どうしても会いたい人の元へ行くために。

＊＊

青い満月が十七の塔のある城を影絵のように浮かび上がらせる夜更け、アシェルは寝台に身を横たえ、天蓋から下がる覆い布越しに耳をすませる。

寝台のそばの猫脚のコンソールの上では、籠の寝床でシマリスのピムが寝息を立てている。

ピムが寝入ってからしばらく経ち、そろそろぐっすり深い眠りについたかも、と頃合いを見計らい、アシェルはそっと身を起こした。

小さな友に気づかれないように慎重に床に足をおろし、薄闇の中で身支度を整える。

枕の下に隠しておいた当座をしのぐ金貨の革袋と母の形見のペンダントを取り出し、無事の決行を願ってペンダントに口づけてから首にかける。

マントを纏い、衣擦れの音を立てないように寝台の足元にしゃがみこみ、奥に手を伸ばして古布を繋げたロープと剣を手繰りよせる。

輪にしたロープを片肘にかけて腰に剣を佩き、もう一度ピムの様子を窺う。

尻尾を布団代わりにしてすうすう眠る寝顔に、どうかこのまま朝まで起きてくれるな、と念じてから、ブーツを抱えて爪先立ってバルコニーに向かう。

弧を描いて張り出す石造りの手すりにロープの片端をきつく縛り、残りを背丈の三倍ほどの高さがある地面に向かって投げ下ろす。

ブーツを履き、手すりに両手と片脚をかけて反対側に下りようとしたとき、

「なりませんっ、王子様……！」

と背後から甲高い声がして、アシェルはギクッと背をこわばらせた。

ほんのかすかに剣の鞘が手すりに当たった音か、ブーツがこつんと石の床を蹴った音を聞きつけたらしく、振り返るとピムが突風のように籠から飛び出してきて手すりを駆け上り、バッと小さな両手を広げて叫んだ。

「王子様っ、まだ諦めていなかったのですね！　あれほどお止めしたのに、ケアリー卿がいない隙をついて、まさか本当にこんな真似をなさるとは……！」

ぶわっと縦縞模様の尻尾を膨らませて咎めるピムを、アシェルは慌てて懐に掻き抱く。

「シッ、静かに。見張りの衛兵に聞こえてしまう」

小声で諫め、急いでピムの右耳を指先で摩る。

耳はピムの弱点で、親指と人差し指で挟んでくりくり撫でると、どんなに不本意でもほわんと恍惚の表情になる。

小さな頃から喧嘩になりそうになる度にこの方法で和平に持ち込んできたので、絶妙な力加減で優しく摩ると、案の定ふにゃりとピムの身体から力が抜ける。

腑抜け顔で抵抗が弱まる友を見おろし、アシェルは改めて懇願した。

「ピム、頼む。どうか友情に免じて見逃してくれ。おまえさえ黙っていてくれれば、ケアリーや父上たちには気づかれずに行って帰ってこられるはずなんだ」

ピムはとろんと閉じかけていた瞼を必死に見開き、「無茶を申されますな」と首を振る。

「このピムは王子様の真の友だという自負はありますが、それとこれとは話が別です。王子様はまもなく御成人と御婚礼を控えた大事な御身。もし『願いの泉』に飛び込んで、どこかとんでもない地に辿りつけば、お命に関わるような危険な目に遭われるやも。最悪の場合、二度とお戻りになれないかもしれないのに、黙って行かせるわけには参りません……！」

前にも同じ問答をしたが、今夜は折れるわけにはいかない、とアシェルは懸命に食い下がる。

「今日が最後のチャンスなんだ。ひいおじいさまだってご無事に戻られたんだし、きっと僕も大丈夫だよ。わざわざ危険な場所に行きたいと願うわけではないし、剣の腕には覚えがある。どこに着いても自分の身くらい守れるから、そう案ずるな。おまえはなにも気づかなかったことにして、寝床に戻ってほしい。朝になれば、きっと何事もなかったように戻ってくるから、どうか行かせてくれ」

「ですが、王子様……」

困り切った顔で言い淀むピムになんとか頷いてほしくて、アシェルは耳に唇を押し当てる。

三月ほど前、物置にしている塔の一室で探し物をしていたとき、アシェルは偶然曽祖父の書き遺した手記を見つけ、『願いの泉』のことを知った。

城の西側に広がる森の中に一見なんの変哲もない泉があり、普段は森の動物たちや狩人たちが喉を潤す水場として使われている。

いままでなんの言い伝えもいわくも聞いたことがなかったが、手記によると満月の夜だけ泉に不思議な魔力が宿り、曽祖父は若い頃泉の底から異界に旅したことがあると書いてあった。

曽祖父がまだ王子だった頃、武芸修行の旅に出た際、流れ者の一味に出くわし、多勢に襲われて森に逃げる途中、誤って泉に落ち、このまま追手がこられない遠い場所へ行けたら助かるのに……！　と願ったら、気付いたときには見たこともない装束や風俗の人々が住む異国の水辺におり、物言う鷹に導かれて数々の冒険をし、一年後の満月の夜にふたたび水辺から元の泉に戻ってくると、なぜか旅立った日のままわずかな時しか過ぎていなかったという。

その不思議な旅のことや泉の魔力について曽祖父は生前誰にも語らず、手記のこともアシェルが見つけるまで誰も知らなかったようだった。

曽祖父のほかに満月の夜に泉に落ちた人もその後いなかったらしく、長い間泉の魔力はあってなきも同然だったが、アシェルは手記を読み、もし本当に泉に飛び込んで願えば叶うのなら、自分がひそかに抱く望みも叶えられないだろうか、と胸が騒いだ。

王家の掟では、成人と同時に結婚する慣わしで、アシェルも隣国の王女リリティア姫を迎えることになっており、準備が着々と進んでいる。

いずれ王国を継ぐ者として、ふさわしい相手を娶り、跡継ぎを作ることが王子の義務だと頭ではわかっているが、周りに決められた顔も知らない許嫁と結婚する前に、一度だけでいいから本気の恋というものをしてみたかった。

アシェルは物心ついてからいまひとつ女性が苦手で、婚約が決まる前に何度か催された城の舞踏会でも、何人もの令嬢と踊ったり話したりしたが、誰にもときめかなかった。

隣国からの噂ではリリティア姫は才媛の誉れ高く、よく知りあえばそのうち打ち解けて本物の夫婦になれるかもしれないが、本当はまだ誰とも結婚なんてしたくなかったし、するとしても心から好きになった相手としたかった。

けれど慣例に逆らって、二十歳を過ぎてももうすこし猶予がほしいとか、自分で相手を見つけたいなどと言えば周囲を混乱させ、迷惑をかけるだけなので、たとえ本心がどうであれ、潔く覚悟を決めなければ、と自分に言い聞かせていた矢先、曽祖父の手記を見つけてひとすじの光が射したような気がした。

もし満月の夜に『願いの泉』に飛び込んで、本気で好きになれる相手に出会わせてほしいと願ったら、叶うかもしれない。

たった一度だけでも本物の恋を知ることができたら、残りの人生を王国のために捧げても、きっと悔いは残らないような気がする。

それにあちらで精一杯恋をして幾日過ごしたとしても、こちらに戻ればほとんど時が経っていないはずだから、自分勝手な真似をしても誰にも気づかれず、家族や許嫁を傷つけることもない。

すべての条件がお誂え向きだと思えて、アシェルはなんとかして決行しようとひそかに計画を練った。

チャンスは三度のみ、婚礼の日までに三度やってくる満月のうち、いつでも出発できるように準備を進め、機会を窺った。

バレたら必ず止められるとわかっていたので、誰にも相談せず、おくびにも出さないように努めていたが、人目を忍んでこっそり古布を裂いて脱出用のロープを作っていたところをピムに見つかってしまい、厳しい追及にあい、言い抜けられずに渋々白状させられた。

ただ、許嫁がいる身でまだ見ぬ恋人に巡りあいたいなどという願いを正直に言うのは憚られ、より賛同が得られそうな理由で説得を試みた。

「将来立派な王になるために見聞を広めたいんだ。僕は生まれ育ったこの王国のことしか知らないし、城の周辺から出たこともない。本やケアリーの講義で教えは受けているけれど、ひいおじいさまが武者修行の旅に出たように、僕も実際に広い世界を自分の目で見て成長したいんだ」

王子としての器を大きくしたいというのもまったくの嘘ではないので熱心に訴えたが、

「お考えは素晴らしいですが、ほかの方法をお取りください。そもそも手記に書かれていることが事実か保証がありません。曽祖父様の創作かもしれませんし、『願いの泉』の魔力が本当かどうか確かめるために別の者を行かせてみたとして、もし戻ってこなかったら大問題ですし、おいそれとは試せませんから、どうかお諦めください。それにケアリー卿に見つからずに決行することはまず不可能ですし」

とピムは取り付く島もなく断言し、アシェルは反論できずに口を噤むしかなかった。

お目付け役のケアリー・フォートラムは代々王家に仕える魔法使いの一族の末裔で、赤子のアシェルの養育係に就いて以来、二十歳になろうという今日まで一切ぶれることなく溺愛と過保護と過干渉を貫いている。

幼い頃からアシェルがすこしでも躓いたり、なにかに噛まれそうになるたび、即座に人差し指を振って魔法で阻止し、長じてからもアシェルが困ったり失敗したりしないように一挙手一投足目を配り、必要とあらば遠慮なく手出ししてくる。

庇護心と忠誠心ゆえだとわかるので、多少行き過ぎと思っても反抗したことはないが、たぶん婚礼の夜も、事前に控えるように頼んだとしても、房事がつつがなく成せるか閨の様子を窺って、しくじりそうなら魔法で手助けするに違いなく、いまからいたたまれない。

その後ピムには一応泉に飛び込むのは諦めたふりをしつつ、ひそかに機会を窺い続けた。

けれど、二度目の満月の夜を無為に見送り、やっぱり常にそば近くに仕えるピムとケアリーの目を盗んで城を抜け出すなんてとても無理かも、と肩を落としていたとき、最後に絶好のチャンスが訪れた。

王都からはるか遠く、険しい山をいくつも越えた先にある北の庄に嫁いだケアリーの妹が子を産み、是非兄に名付け親になってほしいという願いを叶えるため、ケアリーが数日城を離れることになった。

ごくたまに短時間の外出をすることはあっても、ケアリーが何日も不在にするのははじめてで、この機を逃さず決行せよというお告げとしか思えなかったし、もしあちらでアシェルの不審な動きを察知したとしても、あまりにも距離が離れているので、いくら強力な魔法使いでもすぐには戻ってこられないだろうと思われた。

意図せず計画に協力してくれたケアリーの妹に感謝を込めてたくさんの贈り物を言づけて送り出し、ピムには夜に熟睡してもらうために偽の用事を作って一番高い塔まで階段を往復させて疲れさせ、夕食に好物のクルミをたらふく食べさせ、エールもすこし濃いめのものを飲ませておいた。

なのに起きてしまうなんて、やっぱり確実を期して一服盛るべきだった、と悔やみながら、胸元に抱えたピムにアシェルは言った。

「ピム、僕はどうしても行く気だから、いくら止めても無駄だ。これ以上邪魔だてするなら、おまえを縛って閉じ込めてでも行かせてもらう」

友にそんな真似はしたくないが、そこまでの決意だと伝えると、ピムは噛みしめていた大きな前歯を上げて溜息を零し、無念そうに言った。

「……では致し方ありません。このピムもご一緒いたします」

「え」

じゃあ縛れ、と最後まで反対されると思っていたので、思わぬ返事に驚いて見返すと、ピムはパッとアシェルの上着の襟元に潜り込んで顔だけ出して見上げてきた。

「さあ王子様、お急ぎを。こうなったらケアリー卿に気づかれる前に泉に着かなくては」

アシェルは瞠った目を瞬き、

「……い、いいのか……？　おまえの案じるとおり、どんな地に着くかも、ちゃんと戻れるかもわからないのに……？」

まだ見ぬ恋人が住む地だから、きっと素敵なところなのではないかという期待はあるが、もしものこともあるので念を押して確かめると、ピムは渋面で頷く。

「だからこそ、王子様おひとりでは行かせられません。もしひどい場所に着いても、私もいれば、ひとまず見知らぬ地で王子様がひとりぼっちになることは避けられます。まるで気は進みませんが、諦めの悪い王子様に最後までおつきあいいたします」

その言葉にアシェルは笑みを浮かべ、チュッチュッと友の顔に感謝のキスを降らせる。

「ありがとう。実はすこしだけ心細かったから、おまえがそう言ってくれて嬉しい」

ピムは軽く擽ったそうに首を竦め、すぐに真顔になる。

「礼など結構ですから、急ぎましょう。……ただ王子様、『願いの泉』はもう何十年も月夜の魔法が使われておりませんから、もしかすると異界へ通じる力は失われているやもしれません」

アシェルはすこしの間をあけて頷く。

「それならそれで仕方ない。もし泉の魔力が消えていたら、ふたりしてびしょ濡れになるだけだし、試すだけ試させてくれ。もし今夜ダメだったら、潔く諦めて、このさき二度と泉には近づかないと約束する。ちゃんとリリティア姫と幸せな家庭を築くことと、優れた王になることだけを目指すから」

わかりました、と頷くピムに笑みかけ、しっかり襟元にしがみつかせると、アシェルは手すりを乗り越えて、ロープを伝い下りる。

トン、と地面に降り立つと、アシェルは服の上から片手でピムを支えて小走りで厩へ向かう。寝ていた愛馬のリュカを起こして鞍をかけ、葉陰から漏れる月明かりを頼りに森を駆る。

しばし走ると水面に月を映して煌めく泉が見えてくる。アシェルは手綱を引いてリュカの背から下り、白い首筋を撫でて労いながら言った。

「ありがとう、リュカ。いい子だから、よく聞いて。僕とピムはいまから泉に飛び込むけれど、溺れたり死んだりしたわけじゃないから、すぐ出てこなくても慌てずひとりで厩へお帰り。きっと無事に戻ってくるから、案ずることはないからね」

チュッと鼻面に口づけ、元来た方へ馬首を向けて手で押したとき、前方にパァッと強い光が射し、思わず顔を背ける。

目も眩む光の残像で緑色に染まる視界にぼんやり人影が浮かび、黒いローブを纏った男性の姿になる。

頭の後ろで高く結んだ長い白銀の髪、白い睫に赤味がかった黒い瞳、長い爪は人差し指だけ黒く、ほかの指は白い爪の美貌のお目付け役と目が合い、アシェルは内心ヒッと叫ぶ。

被っていた黒いフードを外しながらケアリーが言った。

「アシェル様、こんな夜更けにこんな場所で一体なにを……、ピムもおそばについていながら、なぜお止めしない。『お話し相手』というのはただの友達ではないのだぞ」

職務怠慢だ、ととばっちりで叱られたピムとふたりで顔を引き攣らせ、ごくりと唾を飲む。

……どうしよう、あれほど離れた北の庄にいても家出に気づくなんて、やっぱりケアリーを出し抜こうなんて甘かったかも……。いまどうにかして泉に飛び込んでも、願い終わる前に魔法で引き上げられてしまうだろうし、万事休すか……、と唇を噛んだとき、ピムが意を決した顔で懐から飛び出し、リュカの左の後ろ脚を駆け上り、「ごめんよリュカ！」と言いざま尻尾に飛びついてブチッと数本の束にぶらさがって引き抜いた。

「……っ！」

突然の激痛に前脚を振りあげて嘶き、怒ってピムを踏みつぶそうと大暴れするリュカにケアリーの意識が一瞬逸れる。その間隙をついて駆け戻ってきたピムを抱きあげ、アシェルは迷わず泉に身を躍らせた。

バシャッと飛沫を上げて飛び込んだ途端、ゴボッと鼻や耳から水が入り込み、息苦しさに顔が歪む。

やっぱりただの泉で、溺れて終わりかも、とすこし不安になりつつ、いや、まだわからない、どうか神様か泉の精か月の女王、どなたかのお力で僕を初恋の人の元に行かせてください……！　と乞い願う。

水際から「アシェル様！」と叫ぶ声と同時にケアリーの指から閃光が放たれたが、水中のアシェルの髪の先に届く刹那、底から湧き上がる無数の青い気泡の渦に飲み込まれる。

とても目を開けていられず、アシェルはぎゅっと目を閉じて、ピムとはぐれないように必死に掻き抱き、水の中の天の川のような光の帯の中で願い続けた。

＊＊＊＊＊

「お、今日って満月だったのか」

通用口を出たところで足を止め、一日中酷使(こくし)した目に一滴ずつ点眼(てんがん)して三秒後に目を開けると、滲(にじ)んだ視界に黄色い満月が見えた。

だんだん輪郭(りんかく)がくっきりしてくる月が、なにやら美味(おい)しそうなイングリッシュマフィンや丸いハッシュドポテトのように見えてきて、よっぽど腹減ってるんだな、俺、と岳(がく)は苦笑を漏らす。

なにか買って帰らないと、部屋の冷蔵庫には牛乳くらいしかない。

こんなとき元の寮なら食堂ですぐ夕飯にありつけるのにな、と思いながら帰途(きと)につく。

葉室(はむろ)岳は二十八歳の警察官で、つい先日まで職場に近接する独身寮で暮らしていた。

食堂もあったので朝夕利用していたが、老朽化(ろうきゅうか)した寮を建て直すことになり、改築期間は単身者用1DKマンションを借り上げた寮に分散させられ、日々の食事は自分で用意しなければならなくなった。

両親が共働きで、小学校の高学年頃からカレーとシチューは作れるように仕込まれたし、大学のときも自炊していたので、また頑張って自分で作ろうかと思っていたが、一日忙しく働いた後では台所に立つ気力が湧かず、連日コンビニのお世話になっている。

食べ物に文句を言う人間にはなりたくないが、コンビニ弁当が続くと若干飽きてきて、寮の食堂が恋しくなる。

食堂以外は警察の独身寮はなかなか窮屈なところで、休みの日でもなにかあれば呼び出されてすぐ駆けつけなければならないし、門限や電話当番、掃除やゴミ出しなどの雑用もあり、風呂とトイレは共同で、実家に泊まるにも上司に届け出なければならず、恋人と旅行するにも七人分の上司の決裁印が必要だし、廊下で先輩になにかに誘われたら絶対断れないという不文律もある。

自由がほしければ結婚して出て行くしかないが、岳は恋人もおらず、結婚の「け」の字も予定がないので当分寮生活だと覚悟していたら、改築工事で一時的に門限や当番から解放されることになった。

気楽になった反面、食堂のごはんを諦めなくてはならず、両方いいとこどりというわけにはいかないか、と思いながらコンビニに寄る。

今日は一日デスクワークで、調書書きと長時間のサイバーパトロールで凝り固まった首のうしろを片手でほぐしながら、籠を持って惣菜棚に並ぶ弁当を物色する。

岳の所属する部署は生活安全課のサイバー犯罪対策室で、ネット空間を介した犯罪全般を扱っている。

例えば企業へのサイバー攻撃、コンピューターウィルス、不正アクセスやハッキング、猥褻画像や児童ポルノの売買、出会い系サイトや闇サイトがらみの事件、リベンジポルノ、フィッシング詐欺、架空請求、違法な書き込みなど、ネットによる被害件数は日々増加の一途を辿っている。

これに対抗するために、警察では専門スタッフを育成し、ＩＴ企業からスペシャリストを中途採用するなどして摘発に努めている。

岳も去年までは地域課で交番勤務をしていたが、情報理工学部デジタル工学科卒なのを買われて生活安全課にスカウトされ、登用試験を受け、警察大学校の技術研修も終えて、この春サイバー犯罪対策室のチームに入った。

サイバー犯罪だけでなく、生活安全課が扱う案件は多岐にわたり、少年事件、風俗関係、銃器の押収や摘発、悪徳商法や特殊詐欺、虐待やＤＶやストーカー、痴漢、淫行、不法就労の外国人を搾取するブローカーの取り締まり、家出人や行方不明者の捜索や徘徊老人の保護、幼稚園や保育園や小学校で防犯教室をしたり、詐欺被害の注意を喚起する防犯活動にも携わる。

警察の花形と言えば、殺人や凶悪事件を追う刑事課やテロ対策や要人警護を担う警備課、交通課の白バイ隊などが目立つが、元刑事だった岳の祖父も、

「事件が起きてから犯人を捕まえても、身内を殺されたり、騙されたり盗まれたり襲われたりした人の心の傷が癒えることはない。必ず捕まえることも大事だが、事件が起きないよう未然に防ぐことも大事な警察の仕事だから、セイアン課でもしっかりやれ」

と地域課と並んで防犯にも力を入れる生活安全課にいくことを応援してくれた。

岳自身は同僚や友人との連絡用にSNSを使うだけで、コメントや画像の投稿は面倒なのでやらないし、上からも呟きや画像から思わぬ形で捜査情報の漏洩に繋がる恐れがあるので、個人的な発信は控えるようにと言われている。

サイバー犯罪対策室のアカウントから注意喚起の発信は業務としてするが、被害届を受けて捜査する様々なSNSやサイトの書き込みには、普通に生きていればおよそ口にしたり耳にしないような心ない言葉や信じがたい悪意が氾濫しており、やるせない気持ちにさせられる。

匿名性を隠れ蓑に、ばれなければなにをしてもいいとばかりに悪事を働き、悪意で人を傷つけて死に追いやったり、騙されるほうが悪いと嘯いてあぶく銭で儲ける外道は絶対に野放しにはしない、という怒りも仕事の原動力になる。

とはいえギスギスした言葉の刃や鬼畜の所業を目にし続けると心の消耗も大きく、休息も必要だった。

明日から二日休みだし、今日はゆっくり風呂に入って昼まで寝て、午後もごろごろだらだら子猫の動画でも見て心をリセットして、明後日は買い出しに行ったり溜まった洗濯物を片付けたりしよう、と思いながら、夕飯用に牛カルビ弁当とサラダ、缶ビール、デザートに白いコーヒープリンと明日の朝食用の食パンを買い、レジを済ませて外に出る。

自宅マンションのほうに歩きだすと、ふと追いかけてくるような月がまた目に入る。

しばし満月と一緒に歩きながら、明日はこの月みたいにぷりっとしたちょっといい卵を買って、飯を炊いて、炊き立てご飯にかけて食べようかな、と風流さの欠片もないことを考える。

マンションに着き、入口で五ケタのナンバーロックを解除し、筋トレを兼ねて階段を一段抜かしで三階まで上がる。

三〇一号室の鍵を開けて中に入り、電気をつけ、1DKのキッチンテーブルに弁当を置く。

窓のカーテンを閉めてからジャケットをハンガーに掛け、洗面所で手洗いとうがいをしたあと風呂の給湯スイッチを入れる。

食べたらすぐ入れるように湯船のフタを外し、部屋に戻ってきてテレビをつけ、面白そうな番組をザッピングしながら食べ始める。

警察官は大抵早食いだが、交番勤務時代も、休憩中に店屋物の天ぷらそばなど麺類を注文して届いた瞬間通報が入り、すぐ駆けつけて対応に当たってから戻ってくると、完全に汁気が失われて麺が膨張し、海老天の衣もふやけきって分解した「かつて天ぷらそばと呼ばれしもの」に変わっていた、というようなことがよくあり、食べられるときに急いで食べなければ、という強迫観念が染みついている。

勤務時間外でも早食いの癖が抜けずに速攻で完食し、プラ容器や空き缶を洗って分別してから脱衣室に向かう。

歯を磨いてから、数日分溜めた洗濯籠の一番上に、いま着ているものを全部脱いで追加する。

まだ給湯完了のメロディ音は鳴っていないが、そろそろ沸くだろうと半透明のアコーディオン扉を開けて入ろうとしたとき、中からパシャッと水音がした。

……え。なんだ、いまの音。

岳は全裸のまま動きを止める。

瞬時に職業モードに入り、身構えながらサッとタオルラックから一枚抜いて腰に巻き、湯気で曇る扉越しに中を窺う。

ぼんやりと湯船に人の頭が見え、岳は無言で目を瞠る。

……やっぱり誰かいる。なんで、いつのまに、どっから入った？　物盗りか、覗きか？

よく見るとワインレッドの服を着ており、金髪に染めた後頭部がきょろきょろと動いている。

ヤンキーが窓から侵入して湯船に落ちたのかもしれないが、サツカン（警察官）の寮に不法侵入するなんて運がなかったな、と岳は目を眇める。

「誰だ、おまえ！」

バンッと扉を開けながら誰何し、ザバッと立ち上がって振り向いた相手と目が合った瞬間、岳は驚愕に言葉を失った。

……王子様がいる。うちの風呂場に。

扉越しに見えた金髪とワインレッドの組み合わせから、金色に染色した日本人のチンピラかと思っていたので、天然の金髪と空色の瞳の外国人だったことにまず意表を突かれた。

さらに相手の服装はそれを上回るインパクトで、ワインレッドの長いマント、両肩が丸く膨らんだ提灯袖の黒のビロードの上着、下はすらりとした脚に張りつく白いタイツ、ウエストを締める金細工のベルトや左腰に佩いたロングソードの鞘も宝石で装飾され、「メルヘンに出てくる王子様」というお題が出たらまず思い浮かべるような出で立ちだった。

そんな美麗な衣装を頭から濡らして岳を見つめる相手の面差しは息を飲むほど美しく、しばし見惚れてしまう。

……いや、見惚れてる場合じゃない、どこの誰で、なんの目的でうちの風呂場にいたのか確かめないと。

まともな神経の犯罪者なら、こんな目立つ恰好で空き巣や覗きをするわけないから、コスプレ好きのアニオタなのかも。外国人にもオタクは多いらしいし、この寮の誰かがオタク仲間で、完成度の高いコスプレ姿で風呂場の天井裏から現れて驚かせようとして、部屋を間違えたとか。

とにかく本人に聞いてみよう、と頭の中を疑問符で埋め尽くしながら岳は相手に話しかけた。

「……あの、日本語わかるかな。ここは俺んちなんだけど、君は誰？　なんでそこにいるの？」

交番勤務時には外国人に道を聞かれたりすることもあったので、片言に毛が生えたような英

語なら話せるが、ほかの言語だったら困るな、と思いながら問う。

　相手は驚いたように瞠っていた空色の瞳をぱちりと瞬き、湯船から洗い場にブーツを履いたままおりたち、右手を胸に当て、左手で濡れたマントの端を摘まんで軽く開きながら優雅にお辞儀をした。

「お初にお目にかかります。突然お伺いいたしまして驚かれたことと思いますが、決して怪しい者ではありません。カールハート王国の第一王子、アシェル・ウィンタブロットと申します」

　驚くほど流暢で丁寧な日本語で『王国の王子』と名乗られ、岳は「……はぁ」と返事をする。

　ひとまず言葉が通じてよかったが、恐ろしく真剣に王子キャラになり切られ、どう対応したらいいのかリアクションに困る。

　アニオタ同士ならこのノリについていけるのかもしれないが、なんとか王国とか言われても全然わからないし、そういうのは仲間内だけでやってくれないかな、と思いながら、本当は何者で、誰のところに行きたかったのかと訊こうとしたとき、給湯パネルから電子音のメロディと「お風呂が沸きました」という女声アナウンスが流れた。

　その途端、濡れねずみの王子（仮）はピクリと身じろぎ、ゆっくり左右を探すように目を動かした。

　最後に岳に目を戻し、遠慮がちに訊いてくる。

「……あの、いま御声をかけてくださった御方はこちらにお住まいの方でしょうか？　もしよろしければ、是非お目にかかりたいので、ご案内していただけますか?」

「……え?」

なに言ってるんだ、この子は。給湯アナウンスを本物の女性の声だと思ってるのか? いや、まさか、そんなわけないだろうから、こんなに流暢にしゃべってても、実はまだちょっと日本語に不自由で意味が違うか、日本の電化製品がよくしゃべることを知らないのかもしれない、と思いながら、

「いや、いまのは録音の音声だから案内はできないんだ。ここには俺しか住んでないから」

と一応説明すると、相手は「……ろくおん……?」と初耳の言葉のように繰り返してから、

「えぇっ……あなたがこちらにおひとりで……? そんな、本当に……?」

と時間差で目を瞠って絶句した。

……いや、そんなに驚かれても、こっちのほうがその衣装と登場の仕方によっぽど驚いて絶句したかったんだが、と思いながら岳は言った。

「君、たぶん部屋を間違えたんだと思うよ。そういうコスプレ仲間のところに行きたかったんじゃないの?」

相手は戸惑ったように大きな瞳を揺らし、

「……いいえ、泉が間違えるはずはないですし、『こすぷれ』とはなんのことかわかりませんが、僕はきっと、あなたにお会いするために参りました」

と真顔で岳を見つめて言った。

「……え？」

ちょっとわけがわからないと思いながらも、真剣な瞳に思わずドキリと鼓動が跳ねる。

……いやいや、また言葉通りの意味と違うかもしれないから、真に受けてドキとかしてる場合じゃない。

こんな頭の先から爪先（つまさき）まで完璧なコスプレしといて、コスプレを知らないとか言ってるし、初対面なのに俺に会いに来たとか、言葉は流暢でもいまいち疎通（そつう）が図（はか）れない。

「ええと、アシェルくん、君がほんとに会いに行きたかった人の名前や部屋番号がわかったら、連れてってあげるから、教えてくれる？」

と迷子の外国人旅行者の子供を相手にするようにゆっくり言うと、相手はやや困ったように美しい眉を寄せた。

「……『へやばんごう』の意味がわかりませんし、お名前も存じあげないまま参りましたが、僕がずっとお会いしたかったお相手はきっとあなたなのです」

「……」

また意味がわからないし、『ずっと会いたかった』なんて告白みたいなことを言われても、一度も会ったことないじゃないか、と困惑する。

……もしかして、アニオタ仲間のところに行くつもりで間違えたんじゃなく、本当に俺のことをどこかで見かけてロックオンして、どっかから忍びこんできた俺狙いのストーカーだったのか……？

……いや、まさか、この子のほうがよっぽどストーカーされそうな美形だし、やっぱりまた日本語の用法がおかしいだけかも、と思ったとき、彼がぶるっと震えてくしゃみをした。

身元や不法侵入の目的をすぐには聞きだせそうもなかったので、一旦着替えさせて、部屋で落ち着いて質問したほうがいいかも、と思い、

「そのままだと風邪引くから、ちょっと乾いた服貸してやる。いま取ってくるから、そこで全部脱いで、タオルで身体拭(ふ)いて待ってて」

とバスタオルを渡して部屋に戻る。

なんか面倒くさいことになっちゃったな、と思いながら、クローゼットから洗濯済みの長袖Tシャツと下着、ジャージの上下を出し、自分もすぐには入浴できそうもないので腰タオルを外して別のジャージを着る。

そういや、あの子、靴も履いたままだったけど、浴槽の中や洗い場も泥(どろ)とかついてたら掃除させてから帰そう、と思いながら、

「脱げたか？」

と脱衣室のドアを開け、岳はハッと足を止めた。

洗い場の床にこんもり山を作る濡れた服の中に立ち、金鎖(きんぐさり)に小さな王冠のチャームがついた

ペンダントだけを身につけ、剣の鞘をタオルで丁寧に拭(ぬぐ)っている相手の裸身に目が吸い寄せられる。

長年男子寮にいて、野郎の裸なんて見慣れていたはずなのに、彼の身体はそれとはまったく別のもののように見えた。

浴室のオレンジがかった灯(あか)りに照らされた肌は真珠色に輝き、まるで生まれたてのまま柔らかな繭(まゆ)の中にいて、いま外に出てきたばかりのような清らかさがあり、思わずこくっと喉(のど)が鳴る。

……いやいやいや、なんで鳴った、俺の喉。俺にはそういう趣味はないはずだろ、と岳は慌てて己(おのれ)につっこむ。

鞘の雫(しずく)を拭い終わって目を上げた彼が、初めて岳に気づいたようにはっと息を飲み、サッと頬を赤らめて、タオルと剣を縦(たて)に抱え直して前を隠す様子にも、なぜか鼓動が揺れる。

……いや、だから、なんでドキとかしてるんだよ、俺は、とまた己につっこみ、たぶん変な意味じゃなくて、俺が見慣れた同僚たちの体格は日頃から柔剣道や空手やテコンドーで鍛(きた)えてるガッチリ系が多いから、なんか珍しかったというか、王子コスプレを脱いでも、なにも着ていない素の身体も高貴で穢(けが)れのない王子様っていう風情(ふぜい)で感心したというか、芸術的な観点から見惚(みと)れたというか、ただそれだけだし、と脳内でごちゃごちゃ言い訳する。

「その剣、預かっててやるから、早く着替えな」

一応不法侵入の被疑者の人権も尊重しないと、事情聴取中に風邪を引いて悪化したりしたら、警官の対応にミスがあったとか、あとで問題にされても困るしな、と思いつつ言うと、

「ありがとうございます。やはりお優しい方なのですね」

とはにかむような微笑を浮かべられ、またそわりと胸がこそばゆくなる。

……いや、だから、この子は日本語に不自由なストーカー疑いで、相当ヤバめのアニオタ外国人で、せっかくゆっくり風呂に入って数日分の疲れを取りたかったのに、余計な仕事を増やした困った不法侵入者なんだぞ、と己に念を押す。

岳は努めて事務的な顔で剣を受け取って洗面台に置き、濡れたコスプレ衣装を抱え上げる。

「うち乾燥機ないから、脱水して干すけど、これ普通に脱水かけても大丈夫?」

触った感じでは安物のコスプレ衣装のぺらくてチャチな縫製ではなく、しっかり本格的な衣装で、黒い提灯袖の服のボタンはガラスかジルコニアのダイヤっぽい素材を細工したもので、偽物でも割れたりしたらまずいので確認すると、

「……かんそうき……だっすい……」

とピンと来ないような顔で呟いてから「……はい、大丈夫です」と微笑で頷かれる。

なんかあんまりわかってないみたいだけど、なんとなくいいとこの坊ちゃんみたいだし、家政婦がすべてやるような家の子で、なんにもやったことないのかも、と思いつつ、一応本人の許可を取ったので、ボタンを内側に包むように折ってネットに入れ、色落ちしそうなマントと

白タイツを分けて洗濯槽に入れようとしたとき、ガチャリと音を立ててなにかが下に落ちた。洗濯槽を覗くと、いかにも金貨でも入っていそうな形状の革袋と、眠っているリスのぬいぐるみが落ちていた。

本物みたいにリアルで可愛いぬいぐるみだったが、びっしょり濡れていたので一緒に脱水することにして、革袋だけ拾い上げ、マントをバランスよく洗濯槽に入れる。

口が紐で閉じられた革袋は重さも音も感触もリアル感が半端なく、すごいな、こんな小道具まであるのか、と思わず感心しながら洗面台に乗せる。

中身は玩具の金貨だろうけど、こういう凝ったアイテムまで売ってるコスプレグッズのサイトでもあるのかな、剣も本格的な造りで偽物にしてはちょっと重かったし、と岳は先に置いた剣に視線を向ける。

個人が趣味で所有できる模造剣は刀身がアルミや亜鉛ダイキャストのような、鍛えても人を切れない材質でないと違法になる。

岳は剣を台に置いたまま、鞘を片手で押さえて柄を握り、すこしだけ手前に引いて中を覗く。そっと刃先に人差し指の腹を添え、軽く当てただけで薄皮が切れ、岳はぎょっと目を剝いた。

これはフェイクじゃない。鋼の真剣だ。剣身が七十センチくらいあるし、こんな鋭利な刃は完全に殺傷能力がある。

……まずいだろ、これ本物だってわかってんのかな。いや、たぶんよくできたコスプレグッズだと思っていそうな気がする。

もし王子コスプレのまま街中を歩いてここまで来たとして、こんな剣を腰にぶらさげてるところを警邏中のパトカーに見つかってたら即職質されて現逮だぞ、と岳は焦る。

母国では違うのかもしれないが、日本では刃渡り六センチ以上の刃物は、外からわからないように箱や袋に入れたり、ギターケースやゴルフバッグに入れて持ち運ばないと銃刀法違反で二年以下の懲役か三十万以下の罰金だって教えないと、と焦って洗い場を振り返ると、彼はまだ全裸のまま貸した服を手に考え込んでいた。

「……ちょ、なんでまだ着てないの……？」

目のやり場に困りながら問うと、彼はやや戸惑ったような目で岳を見上げてくる。

「……あの、実はこういった服を着るのが初めてで、どれから着たらいいのか、どちらが前で後ろなのか、よくわからなくて……申し訳ありませんが、教えていただけないでしょうか……」

「え、初めて……？」

岳はまた驚いて相手の目を見返す。

こくりと頷く澄んだ空色の瞳は至って真面目な様子で、ふざけているようにも見えない。

でも、インドのサリーや十二単のような着方が難しい服を着ろと言ったわけでもないのに、ジャージの着方がわからないなんて、どういうことなんだろう。ジャージなんて見たこともない大富豪の御曹司なんだろうか……？

いや、いくら大富豪でもパンツくらい穿くだろうし、ひょっとしたら、日常的な事柄をすべて忘れてしまった記憶喪失という可能性もあるかも。……でも記憶喪失にしては、「カールハート王国」とかオタク設定のことは覚えてるから、やっぱり違う気もする。

うーん、と悩みながら、ひとまず早く服を着せようと、相手が抱えている服の中からトランクスを取り、岳は足元にしゃがんで言った。

「これが一番先。この前立てがあるほうが前だから」

幼児を世話するような気持ちで下着を穿かせ、長Tとジャージを着せる。

ややサイズが合わないジャージをどことなく嬉しそうに見おろしていた彼が目を上げた。

「あの、服をお貸しくださり、着るのもお手伝いくださりありがとうございました。こちらの地では、みなさんこういう服をお召しになるんでしょうか?」

やっぱりジャージを知らない階層なのかと思いつつ、

「や、みんなじゃないよ。お洒落な人はあんまり着ないかな。俺は休みの日に走ったりするし、部屋着としても楽だからよく着るけど」

と個人的な見解を述べたとき、相手の髪の先からぽたっと雫が肩に落ちるのが見えた。

せっかく乾いた服に替えさせたのに、と岳はタオルをもう一枚取り、相手の頭に乗せて拭いてやる。

タオルの縁から覗く長い睫や透き通るような空色の瞳に、つい目が惹きつけられる。

綺麗な色だな、と客観的な感想を抱きながらしばらく手を動かし、はた、と別にここまで俺が世話焼いてやることないんじゃないか、と我に返る。

さっきからいろいろとんちきなことばっかり言って頼りないから、つい構いすぎてしまった、と心の中で言い訳しながら、

「ほら、自分でわしゃわしゃやりな」

と素っ気なく言って手を離すと、タオルの下の整った面差しに微笑が浮かぶ。

「……『わしゃわしゃ』、ですか」

すこしおかしそうに繰り返し、彼は両手をタオルに添えて岳がしてやったように髪を拭い出す。

あまり身の回りのことを自分でやったことがないようなおぼつかない手つきを観察しながら、相手にはやや大きいジャージの袖口が手の甲までかかっているのを見て、こういうのを「萌え袖」とかいうんだよな、とふと思いだす。

それのどこに萌え要素があるのか疑問だったし、先輩に強制参加させられた合コンなどで、その手のあざとい仕草を見ると「さっさとアームバンドでも使うか、袖をまくれ」と言いたくなったが、やっぱりちょっと可愛いかもしれない、と相手の手元を見ながらうっかり思う。

……いや、なに血迷ったことを考えてんだ、こんなの別に可愛くないし、この子はパンツの前後もわからない、真顔で「第一王子」と自称する中二病の不法侵入者なんだぞ、と己に言い

聞かせ、脱水スイッチを押す。

皺が強くつかないように短めに設定し、ブィーンと動き出した途端、背中をキュッと摘まれた。

「ん？」と振り向くと、やや目を見開いた相手が岳の背に隠れるように洗濯機を覗き見ている。

「なに？　やっぱり脱水したらマズかった？」

急いで停止ボタンを押して確かめると、彼は目をぱちぱち瞬き、

「……これは、なんですか？」

と本心からのような口調で言った。

「……え、なにって、洗濯機だけど。ボタン押すと服洗ってくれる機械、見たことないの？」

こくりと小さく頷かれ、それは嘘だろう、でもジャージも初めて着るとか言ってたし、本当にどういう環境で育った子なんだ？　と首を捻りつつ、もう一度スイッチを押す。

脱水の終わったマントを取り出したとき、ボトッとりすのぬいぐるみが床に落ち、彼が悲痛な声で「ピム！」と叫んで拾い上げた。

しまった、名前までつけてる大事なものなら手絞りすべきだったろうか、と焦って彼の手の中のぬいぐるみを見ると、だらんと四肢と尻尾が垂れ下がり、口から舌を出して白目をむいており、あれ、さっきこんな顔だったっけ、と不思議に思う。

「ピム、済まない、目を開けてくれ！　僕が運命の御方にお会いして舞い上がって、おまえの

ことを忘れていたばっかりに……！　しっかりするんだ、ピム……！」

また相手は日本語の誤用で意味不明なことを口走りながら、泣きそうな顔でぬいぐるみを掻き抱き、胸のあたりを必死に擦っている。

あまりにも真剣な救命処置に、まさかリアルなぬいぐるみじゃなかったのか、とうろたえていると、「ハフッ」と息をする音がして、リスの瞼がぴくぴくと動いて白目が回転して黒目が現れた。

やっぱり生きてたのか、ごめん、まさかこんなところに本物がいるとは思わなくて間違えて脱水してしまった、と慌てて謝ろうとしたとき、

「お、王子様……、ここは一体……？　泉で溺れかけたうえに、天地がぐるぐる回って死ぬ目に遭わされる恐ろしい土地に来てしまったではありませんか……！」

とリスがヘリウムガスを吸ったような声でわめいた。

……え、リスってしゃべるか？　いや、しゃべらないよな、普通は。

岳が呆気にとられているのをちらりと見上げ、彼は「ピム、いますこしだけ黙っていてくれ」と囁いてリスの右耳を擦る。

途端にリスがとろんと瞼と口を閉じ、静かになった。

……なんだこれ。スイッチ切れたみたいだし、やっぱり生きてるリスにそっくりな会話認証ＡＩロボットなんだろうか。

本物のリスがこんな風にしゃべれるわけないし、耳にスイッチのあるメカなんだ、と湧き上がる違和感と疑問をねじ伏せて現実的に折り合いをつける。

マントのほかの衣装も脱水してハンガーに掛け、換気扇を回した浴室内のポールに干す。

ついでに天井や窓や浴槽をもう一度観察してみたが、彼が湯船に入りこむ侵入経路になった痕跡はどこにも見つからず、岳は眉を寄せる。

……まあ、本人からじっくり話を聞いてから、もう一度実況見分して確認しよう、と思いながら扉を閉め、浴室の電気を消すと、彼がまた驚いたように目を瞠る。

暗くなった浴室から岳に目を向けて、なぜか感心したような表情で微笑され、意味がよくわからなかったが、

「じゃ、すこし服の水気が取れるまで、向こうで話を聞かせてくれるかな」

と脱衣室からキッチンテーブルへ場所を移す。

これでやっといろんな疑問を解明できる、と期待した岳の思惑は見事に外れ、さらに混迷が深まることになったのだった。

＊＊＊

「じゃあ、改めて君の名前をもう一度フルネームで、あと年齢、いま住んでる場所の住所、電話や携帯の番号、職業、学生だったら学校名、家族構成、連絡したら迎えに来てくれる人の電話番号を教えてくれる？」

メカのリスを抱きながら大人しく席につき、目だけ動かして周囲を興味深そうに眺めている相手の向かいに座り、岳（がく）はペンと紙を用意して事情聴取（ちょうしゅ）を開始する。

彼はしばし考えるような間をあけてから、岳の目を見てゆっくりと答えた。

「……いくつかご質問の意味がわからない言葉があるので、お答えできる範囲でよろしければ、名前はアシェル・ウィンタブロット、もうすぐ二十歳で、カールハート王国の城に住んでおります。『でんわ』と『けいたい』というのがなんのことか見当がつかないのですが、仕事は、将来父の跡を継いで王国の政（まつりごと）をすることかと。学校へは通ったことがなく、勉強は養育係のケアリー・フォートラム卿（きょう）に教わりました。家族は父と義母（はは）と義弟（おとうと）で、もし誰かが迎えに来るとしたら、たぶんケアリーが僕の行方を捜していると思うので、『願いの泉』からの来方がわかればもしかすると追いかけて来るかもしれません」

「……」

落ち着き払った様子で意味不明の嘘八百を並べられ、岳はペンを持ったまま当惑する。

これは、どうしたものか。

上品で純真そうな風情なのに、意外にしぶとく王子設定を貫いている。

たぶん警察官に身元を明かすと親や関係者を呼ばれて叱られると思って、嘘の説明でお茶を濁して正確な情報を白状しなければ、身元引受人を呼ばれずに済むと思っているに違いない。

「……ふうん、そっか。じゃあ、なんでうちの風呂場にいたのか教えて？　どうやって入ったの？」

身元を直接聞いても答えないので、違う質問に答えさせて外堀から攻めることにすると、

「城の西にある森の『願いの泉』という満月の夜だけ魔力を持つ泉に飛び込み、気付けば先ほどの湯桶の中におりました」

と至極真面目な様子で返事をされる。

「……なるほど、魔法の泉から来たんだ」

棒読みで繰り返すと、「はい」と柔らかな微笑で頷かれる。

……んなわけねえだろ。

岳は片手で首を擦りながら、

「……うーんとね、お巡りさんはあんまりアニメとかラノベに詳しくないんだ。君がカールハート王国っていう国が舞台になってるお話のことをすごく好きで詳しいんだろうなっていうのはよくわかったけど、お巡りさんが聞きたいのは本当のことだけなんだ。お城とか王子とか魔法とかが出てくる話はお友達としてもらって、いまは事実を答えてくれるかな」

と子供を諭すようにあしらうと、相手は戸惑ったように瞳を翳らせた。

「……すべて本当のことをお話ししております。あなたはなぜ僕が嘘をついているかのようにおっしゃるのでしょうか」

かすかに声を震わせて、嘘つき呼ばわりは不当だと眼差しで訴えてくる。

仕事柄詐欺師や嘘つきをたくさん見てきたので、たしかに彼の顔つきや口振りからは、嘘をつく人間特有の、どれだけうまく嘘をついてもどうしても滲み出てしまう違和感や胡散臭さがほとんど感じられないことは認めるが、内容が突拍子もなさすぎるし、あんないかにもな王子の衣装で「住所はお城」と言われても困る。

……でも、ここまで真剣に言うからには、すべてじゃないにしても部分的には事実も含んでるのかもしれないし、「王子」や「城」というのはなにかの隠喩なのかもしれないから、もうすこし違う観点から考えてみるべきかも。

俺も地球上にあるすべての国名を熟知してるわけじゃないし、もしかしたらヨーロッパの片隅あたりに「カールハート王国」という日本ではマイナーな知名度の小国が実在して、城みたいな宮殿に住んでいる本物の王子だったという可能性もなくはないかもしれない。

物腰や言葉遣いはたしかに上品だし、こんなに流暢に他国語をマスターするには高い教育を受けているはずだし、いろいろ物知らずなのも下々とは違う暮らしをしてきたからと言われれば納得できなくもない。

でも現代の王族が普段着であの恰好してるわけないし、本物ならなんでうちに不法侵入するんだという話だが、もし万が一本物の王子で、仮装パーティーに行く途中だったとか、一応辻褄の合う事情があとで判明したら、いま全否定して犯人扱いしてしまうと、向こうの外務省から日本の一巡査が王子に不敬を働いたとかクレームが来たりしたら困るから、すこし態度を改めよう、と岳はペンをくるくる回していた手を止める。

「……じゃあ、アシェル王子、と呼ばせてもらいますが、あなたが『カールハート王国』から来た王子様だと証明できるものを見せてもらえませんか？　たとえばパスポートとか」

あの金貨の入ってそうな袋の中にでも、カールハート王国発行の王族用のパスポートを持っていたら半分信じるし、大使館のサイトに王室ファミリーの画像もあって一致すれば八割信じてもいい。残り二割はそっくりさんや偽造パスポートの可能性もあるから、もうすこし疑うけど、と思いながら言うと、

「……ぱすぽーと、とは……？」

と彼は真顔で軽く小首を傾げた。

……おいおい、いつまで名演技してるんだ。やっぱり大嘘つきか、フィクションと現実の区別がつかない誇大妄想患者か、ものすごく独特な教育方針の親に超個性的に育てられた御曹司か、真相が判明するまでまだかかりそうだ。

いまから近所の交番に連れていって押しつけたい衝動に駆られるが、名前しか聞きだせない

まま引き渡すのも当直の当番に悪いから、もうちょっと頑張ろう、と岳は根気を奮い立たせる。

岳は両手の親指と人差し指でパスポートの大きさを示しながら、

「パスポートっていうのは、このくらいの大きさで赤とか緑とか茶色の表紙の、顔写真が載ってる手帳みたいなもので、外国から日本に来るときは絶対必要だから、あなたも持ってますよね？　密入国じゃなく正当な方法で入って来たなら、王子様でも持ってなきゃおかしいし」

と表情をじっと窺いながら訊ねる。

もしかしたらバイリンガルじゃなく、日本生まれの日本育ちでパスポートを持っていないという可能性もあるが、それならなおさらこの年頃で「携帯」や「コスプレ」という語を知らないなんて不自然だ。

最初から不自然じゃないところなんてひとつもないが、そろそろ諦めて本当のことを言ってくれないか、と目で訴えつつ返事を待つと、彼はやはりピンと来ないような顔でしばし考えてから口を開いた。

「……『かおじゃしん』や『みつにゅうこく』や『にほん』というのも聞いたことがないのですが、おそらく『ぱすぽーと』というのは通行手形のようなものでしょうか。先ほど申し上げました通り、僕はこちらに『願いの泉』から参りましたので、手形は持ち合わせておりません。ひいおじいさまと同じ方法を取りましたので、正当なやり方だと思うのですが」

また相手は至極真面目な様子でそう語った。

……なかなかねばるな。

そうくるなら、決定的に嘘を崩してやる、と岳はタブレット端末(たんまつ)を手元に引き寄せ、『カールハート王国』と検索してみる。

もし本当に実在する国ならサイトにヒットするだろうし、本物の王子なら名前や画像があるはずだから確認できる。

もしアニメやラノベの世界だと判明したら、それを突き付ければ諦めて認めるだろう。

なにもヒットしなかったら、完全に本人の創作だから、もうボロを出すまで根競(こんくら)べするしかない。

交番にもよく酔っぱらってやらかして連れてきた人の中に、「俺は神の生まれ変わりだ」とか言い張る人が必ずいたし、「そうなんですか、神様、お住まいは天国ですか？」とかしばらく話を合わせているとそのうち続かなくなって折れるから、メルヘン設定が破綻(はたん)するまで『言いなり調書(ちょうしょ)』を取り続けてボロを出すまで待とう。

数秒後に画面に出て来た検索結果を見て岳は軽く眉を寄せた。

……あれ、一応出てきたけど、なんだこれは。

実在する国でも、アニメやラノベでもなく、児童向けの伝承童話集の中の一篇「鷹(たか)と王子」という作品の主役がカールハート王国の王子だと書いてある。

ざっと筋に目を通すと、カールハート王国の王子エリュシオンが満月の夜に賊に襲われ、逃げ込んだ森の不思議な泉から遠い異国に辿りつき、賢い鷹のギードに導かれ、一つ目巨人や瘴気を吐く竜などを相手に冒険の旅を繰り広げ、宝物と妃を得てまた泉に戻ってくる、というおとぎ話だった。

なるほど。ネタ元はこれか。なんか似たようなことを言ってるし、このメルヘンの真似して鷹の代わりにリスのペットロボットをお供に冒険ごっこをしていたら、勢い余ってつい不法侵入してしまったのかも。

勢い余ってついすることじゃないけどな、と思いながら、

「アシェル王子、『鷹と王子』っていう本、知ってます？」

と嘘の楼閣を崩しにかかる。

「いいえ、存じ上げません」

彼はタブレット端末を不思議そうに見ながら首を振る。

「ほんとに？　エリュシオンっていう王子とギードっていう鷹が出てくる話ですよ？」

国の名前も泉の設定も被ってるぞ、と畳みかけようとすると、彼は軽く目を瞠った。

「ひいおじいさまの名をご存知だなんて、やはりあなたは魔法使いなのですね。さきほども一瞬で灯りを消しておいででしたし、その不思議な板も指一本でパッと絵や文字が浮かびましたし」

「……」

またも予想と違う反応が返ってきて、岳は言葉に詰まる。

もうすぐ二十歳(はたち)の男子が「魔法使い」とか言ったらアウトだろう。

うっかりメルヘンの国で育った電化製品を知らない王子と信じそうになる演技力はすごいけど、グリムくらい古い時代の童話の主役が曽祖父だなんて、計算が合わない気がするし、架空の物語に出てくる人の子孫とか、もういろいろどこからつっこんだらいいのかわからない。

もしかして医療的な介入が必要なレベルで自分を王子と思い込んでる子かもしれないから、「いい加減にしろ」と叱るのは得策(とくさく)ではないかも、と岳は困惑を堪(こら)えて質問を続ける。

「……じゃあ、その王国にある『願いの泉』っていうのと、俺の家の風呂が繋がってるなら、また向こうからほかの人もじゃんじゃん来る可能性があるってことですか？」

嘘の設定でもそんなことになったら怖いので一応訊いてみると、

「いえ、泉は飛び込む者の願いによって辿りつく地が違うようで、こちらへ来ることを願わない限り来られないと思います。カールハートの民であなたのことを知る者はいないはずですし、そもそも泉の魔力自体、人に知られていないので、偶然満月の夜に泉に落ちた者がいても『助けて』と思うだけでしょうから、こちらに来ることはないかと。ただ、一度泉と繋がった水辺(みずべ)には道のようなものができるらしく、反対側も泉と同じ力を持つそうなのです。反対側からは来た場所へ戻るだけで、別の場所を願っても行けないそうなのですが、僕が満月の出ているときに先ほどの湯桶から『願いの泉』に戻りたいと願えば、帰れるようなのです」

とメルヘンなりの理屈を述べてくる。

それが本当ならいますぐ戻ってくれよ、と言いたいが、こんなメルヘン設定は嘘に決まっているからできるわけがない。

「なるほど。でも人に知られてないのに、なんでアシェル王子は泉の力を知ってたんですか？『鷹と王子』っていう童話知らないんですよね？」

「はい。その題名の本は存じませんが、ひいおじいさまが書かれた手記は読みました。弟のオーランドにせがまれて、昔僕が遊んでいた玩具を物置部屋で探していたら、埃だらけの木箱に古い本が入っていて、それにひいおじいさまの若い頃の冒険譚が綴られていたのです」

「ふうん。じゃあ、それがいまこっちの世界で本になってる『鷹と王子』の元になったストーリーなのかもしれませんね。でも、ひいおじいさんは泉から旅立って怪物と戦ったり宝物をもらったりしてるけど、アシェル王子はなんでうちなんかに来ちゃったんですか？ここには竜も巨人もいないし、宝物もないのに」

そう探りを入れると、彼はしばし真顔で岳を見つめ、すぅっと頬を赤らめて、初めて言いよどむように目を伏せた。

……お？　この反応は、そろそろネタが尽きてきたか？

だいぶ原作童話を読み込んでるみたいで、なにを訊いてもああ言えばこう言う返しがきたけど、あと一息で落ちるかも、と期待すると、彼はぎこちなく視線を泳がせ、そろりと襟元から首に掛けていたペンダントを引き抜きながら小声で言った。

「……泉には、このペンダントを受け取る権利のある方にお目にかかりたいと願いました……」

またなんだかよくわからない返事が来たな、と岳は軽く眉を寄せる。

もう架空設定はいいから、早く真実を話してくれよ、と思いながら、相手のTシャツの胸元の王冠の形のペンダントトップに目を向け、色石が細かく埋め込まれたヴィンテージ感のある細工を観察する。

ふと、さっき見たこのペンダントひとつを纏っただけの美裸身を思い出し、岳は無表情に目を逸らす。

いや、余計なこと思い出してる場合じゃないし、と軽くドキッとした己を戒めていると、

「僕は七日後に二十歳になるのですが、その翌日に許嫁と結婚することになっておりまして」

と続けられ、「え」と驚いて岳は目を見開く。

「君、その若さで、もう結婚するの？」

思わず王子設定を信じているフリも忘れて素で訊いてしまう。

だって早くないか？　俺なんか二十八でも結婚どころか恋人もいないのに……。いや、別に羨ましがってるわけじゃないけど、こんなに日常的なことに疎くて、生活力もなさそうで、なんとなくそっち系も疎そうなピュアな風情なのに、本当に結婚なんかして大丈夫なのかと心配

してるだけだし、と胸の内で言い訳していると、彼はあまり喜ばしげでもない表情で小さく頷いた。

「はい……。王家の男子は代々成人した翌日に結婚するしきたりで、隣国から妃を迎えることになっているのですが、親や大臣たちが決めた許嫁で、お会いしたこともないのです」

「へえ、政略結婚なんだ。王子様も大変ですね」

全然信じてはいないが、ほころびが出るまで同調の相槌を打つと、彼は物思わしげに頷き、そっとペンダントに手を添えた。

「これは六つのときに病で亡くなった生みの母の形見なのですが、嫁入りのときに父からもらったそうで、死の床で僕にお譲りくださり、心から愛する相手に贈るようにと言われました。ですが、僕はまだ恋をしたこともなく、婚礼の日に初めてお会いする許嫁を心から愛せるか自信が持てず、結婚に迷いがありました」

「なるほど。……でも、恋愛結婚なら必ずしもうまくいくとは限らないし、意外と条件で決めた見合い結婚でも成功することもあるみたいですよ。親御さんたちもきっと変な子は相手に選んでないだろうから、初対面ではピンとこなくても、一緒に過ごすうちに好きになれるかもしれませんよ?」

親に決められた姫というのは隠喩で、遺産相続の条件で誰かと不本意な結婚を強いられているとか、現実に同じ悩みがあるのかも、と思わせる切実さが表情や声から窺え、つい気休めに励ますと、彼はしばし黙ってから口を開いた。

「ケアリーも同じことを申しました。もしどうしても気が合わなければ、魔法をかけて末永く慈しみあえるようにしてくれるとも言われたので、慣例どおり結婚するつもりでいたのですが、『願いの泉』に飛び込めば、魔法の助けなどなくても自分が心から愛しく思える方に出会えるかもと思い、どうしても試してみたくなりました。もし許嫁が運命の相手なら、姫の元へ行くはずですし、もしまだ見ぬ初恋の人に出会えて、恋が叶うまでしばらく共に過ごしても、また泉に戻れば旅立った日のままの時間に戻れると知り、僕が家出したことは誰にも知られず誰も傷つけることはないと思い、泉に願いをかけました」

「ふうん。……んん⁉」

……いまなんか妙なことを聞いたような……。いや、基本設定からすべて妙ちきりんなんだけど、特に引っかかる言葉を聞いた気がする。

「まだ見ぬ初恋の人」とか「心から愛せる方」とか「運命の相手」とか「形見のペンダントを受け取る権利のある方」に会いたいと泉に願ったたって言ったよな。

それで俺のところに来たって、どういうことだよ。なにかの間違いじゃないか？

……いや、間違いもなにも、『願いの泉』なんてありえない架空の話なのに、なに一瞬真に受けて焦ってるんだ、俺は、とセルフツッコミしたとき、彼の手の中のリスが突然尻尾をぶわっと膨らませて叫んだ。

「王子様っ、そんなことを泉に願ったのですかっ⁉　リリティア姫という御方がありながら、ほかに恋人を願うなんて、そんな不実なお考えをケアリー卿に知られたら、逆鱗に触れてネズミにされてしまいますよ！」

「ケアリーはそう脅かすだけで一度もネズミにされたことはないし、ピムが黙っていてくれれば大丈夫だよ。それに、心が伴わないのに結婚するほうが不実だと思うし、もし本物の恋人に会えるなら、すこしくらいネズミにされたって構わないし」

　なんの話をしてるんだ。人間がネズミに変わるわけないだろ。……いや、そこもだけど、このリス、本当におしゃべりロボットなのか？　動きも表情も話す内容も全然メカらしくないけど、と混乱していると、リスがバッと岳を振り返り、もう一度主を見上げて叫んだ。

「とにかく、これはなにかの間違いです！　もし王子様が本当に泉にそう願ったとしても、相手がこの男のわけがありません！　やはり『願いの泉』は長い間使われなさ過ぎて、魔力が衰え、方向が狂って間違った相手の元へ送り届けてしまったに違いありません！」

　……うん、確かに泉が間違ったんだろうな、と相槌を打ちかけ、じゃなくて、このメルヘン設定自体が間違いだから、としつこくセルフツッコミしたとき、

「……間違っていないかもしれないじゃないか」

　と彼が手の中のリスに向かって小さな声で反論した。

　え、と岳は驚いて彼を見返す。

相手は岳をちらりと見て、サッと薄赤く目許を染めて目を伏せる。

なんだこの表情は。そして、その表情にちょっとドキッとする俺の胸の反応も意味がわからない。

彼は気品ある美しい顔にもじもじした気配を覗かせ、口ごもり気味に言った。

「……もしも『願いの泉』の魔力が衰えたのなら、ただの泉になるだけで、どこにも辿りつかないのではないかと……、僕もまさか男の方が待っておいでとは想像しておりませんでしたが、もしかしたら、これを機に浅からぬ御縁が生まれることも……」

俯きがちにとんでもないことを口走る相手に、いや、ないから！　と焦って否定しかけると、

「なにを仰せです、王子様！　この男が王子様の運命のお相手なわけがないでしょう！」

とリスが丸い黒目を器用に吊り上げてわめく。

彼はそれまでの抑制的な声のトーンではなく、初めて声を張ってリスに言い返した。

「そんなことまだわからないじゃないか！　僕は『願いの泉』の力を信じる！　僕がこの方の元に来たことには、きっとなにか意味があるはずだ！　初めてお目にかかった瞬間は腰布一枚の裸族と勘違いして、この方ではないのではと思ってしまったけれど、初めて会う相手でも一緒に過ごすうちにだんだん好きになることもあるとおっしゃっていたし……！」

いや、それは許嫁とのことで、俺の話じゃないし、と焦って言おうとしたとき、

「王子様！　目を覚ましてください！」

と悲痛な声で叫んだリスが「あっ！」とビクリと固まった。

カチンと凍ったように動きが止まったので、どうした、充電切れか、と言いかけると、硬直したリスがまた動きだし、小さな両手で目を隠して身を縮める。

「……お、王子様、申し訳ありません、またお手を穢してしまって……！　叫んだ弾みについ失禁を……」

……え、失禁……？　と岳は耳を疑う。

「気にするな。別に構わない。ピムは興奮しすぎると時々出てしまうからね」

……嘘、メカなのに……？

恐縮するリスと鷹揚に宥める相手を見つめ、岳はいままで根性でメカだと思い込もうとしていた大前提を覆される。

興奮しておしっこ漏らすメカなんてあるわけないし、やっぱり生きてる本物のリスなのか。何度も変だ変だと思いつつ、きっとこういうメカなんだと無理して自分を誤魔化してきたけど、メカじゃないならなんでこんなにべちゃくちゃしゃべれるんだよ。もう本当にメルヘンの国に生息するリスと認めるしかないのか。

いや、でも、まさか、ありえない、と葛藤していると、彼が声をかけてくる。

「申し訳ありませんが、なにかピムのお尻と僕の手を拭うものをお借りしても……？」

あ、うん、とまだ混乱しながらティッシュの箱を差し出すと、彼はじっと箱を見つめて考え込んでいる。

嘘だろ、ティッシュって世界各国そんなに形状は違わないだろうに知らないのか、とまた混乱を深めながら数枚ティッシュを取り、

「これは薄い紙の使い捨てのハンカチみたいなものだから、これで拭いて」

と手渡すと、「ありがとうございます」と微笑してリスの尻と自分の掌を拭う。

ゴミ箱を差し出して「ここに捨てて」と声を掛け、チラッと使用済みのティッシュを見ると薄黄色い濡れた染みがあり、やっぱり本物のリスみたいだ、と遠い目になる。

……もう一度落ち着いて、いままで見たこと聞いたことのすべてを再検証してみよう。

まず、窓も鍵が閉まっていて、物理的にどこからも入ってこられないはずの風呂場に王子姿の少年が突然現れて、魔法が存在する国から泉経由で来たと言った。

持っていた剣も、日本国内では製造販売できない代物で、外国製でも入管で没収されるか剣身を折るかしないと持ち込めないが、カールハート王国製で、『願いの泉』から直接来たとすれば、空港で没収されることも道端で職質もされることもなかった理由も説明がつく。

昔の童話の主役が曽祖父で、人間のようにしゃべるリスと友達で、電化製品もジャージもパンツもティッシュも知らず、あのTPOガン無視の衣装を日常着にし、「カールハート王国」という国のことをあたかも実在するかのように淀みなく語る少年は、もしかしたら、本当にメルヘンの世界の住人なのかも……。

ぐらぐらと己の価値観を揺さぶられながら、岳は曇りなく澄んだ空色の瞳をしばらく無言で見つめてから言った。

「……君、本当に、絶対に、嘘偽りなく、カールハート王国から来た王子様だって誓える？」

疑惑の渦中にある人が「天地神明に誓って真実です」と言ったら大抵嘘だと習ったが、

「もちろんです。神かけて」

と彼は後ろ暗いものはなにもないという凛とした表情で頷く。

岳も小さく頷き返し、

「わかった。……いや、ほんとは九割九分疑ったままなんだけど、泉から来たっていう説明以外、君が突然うちの湯船に浸かってた納得いく侵入経路が見つからないし、いくら童話を読み込んでたとしても、こんなに長くボロを出さずに嘘の世界を詳しく語り続けるのは難しいから、やっぱり本当にこの世界とは違う時空にメルヘンの国があって、君がずっとそこで暮らしてきたから答えられるのかもって気もするし、信じがたいけど、一応君が王子様で魔法の泉から来たと受け入れる方向で話を進めようと思う」

と鹿爪らしい口調で告げる。

彼はしばし岳の回りくどい言葉を反芻するように間をあけ、

「……ようやく信じていただけたようでよかったです」

と微笑んだ。

岳はペンを置き、テーブルの上で両手を組んで言葉を継いだ。

「それで、君が八日後の結婚に不安を感じて、いろいろ悩んで『願いの泉』に飛び込んだところまではOKとしても、『心から愛せる人の元に行きたい』って願って、俺のところに来ちゃったのは、やっぱりどう考えても人違いだと思うんだ」

「え……」

相手の美しい瞳に、可愛がりたくて撫でた猫に急に血が出るほど引っ掻かれてしまった子供のようなショックの色が浮かび、岳は内心気まずさを覚えながら続けた。

「だって君も俺も男だし、住む世界も全然違うし、君の運命の相手が俺なわけないよ。せっかく勇気出して泉に飛び込んだのに、相手が間違ってて残念だったけど、そこにいた人で手を打とうって妥協しないで、もう一回やり直してみたら？　まだこっちも満月だから、もう一度うちの風呂に飛び込んで、『願いの泉』に戻って、もう一回『正しい相手の元に行きたい』って強く願えば、今度こそ本当の相手と巡り合えるんじゃないかな」

そんなことができるのかわからないが、もしすべて本当の話なら可能なはずだし、彼には早くうちから出て行ってもらわないと困る。

もう一度湯船に飛び込めなんて、普通に考えたらいじめやしごきみたいなひどいことを言っているようなものだが、もし王子を騙る現代人なら湯船から消えないから嘘だと暴けるし、本物のメルヘンの王子なら消えてしまうはずだ。

その確認のためにも提案すると、少年が答えるより先にピムが跳ねるように両手を上げて言った。

「名案です！　王子様、是非そうしましょう。ここはぐるぐる回ったりする怖い場所ですし、王子様がどうしても運命のお相手に出会いたいとお望みなら、もう反対はしませんから、もう一度泉に戻りましょう。今度は私も一緒に『どうか王子様の初恋の方の元に』と願います。さきほどは『王子様とはぐれませんように』ばかり願ってしまいましたが、ふたりがかりで願えば、次こそ本当のお相手の元に行けるはず。さあ、いますぐ四角い湯桶に飛び込みましょう！」

熱心に説得するピムを見つめてから、彼は岳に視線を向け、しばし黙ったあとにぽつりと言った。

「……わかりました。帰ります。お騒がせいたしまして、申し訳ありませんでした」

「いや……、お構いもしませんで」

さっきの「僕は泉の力を信じる！」と言い切っていた剣幕から、もうすこしごねるかと思っていたら、意外にすんなり引いたな、とひそかに思う。

ごねられても困るが、なんとなくあっさり引かれて残念なような変な気分がかすかに湧く。

相手の端整な美貌からは胸の内でなにを思っているのか読み取りにくかった。

元々わかりやすく表情豊かというわけではなく、ベースは高貴で穏やかな王子様フェイスで、その時々に楽しげだったり、不思議そうだったり、驚いたり、恥じらったり、ピムとは対等に言い争ったりもしていたが、少年らしい内面を遠慮がちに面に覗かせていたのに、いまは完全に感情を排した人形のような表情だった。

王子様だなんて完全には信じていないのに、もしかしたら、こんな風に諦念を巧みに押し隠した表情で許嫁との結婚式に出るのかな、などとうっかり同情しそうになる。

でも本物の王子様だろうが、ヤバいオタクのストーカーだろうが、どっちにしろこの子の恋の相手になんかなれるわけない。

本当はメルヘンの王子なんかじゃないと早く言え、もう一度びしょ濡れになりたくなければ本当の素性を打ち明けろ、と目で訴えているのに、彼は何も言わずしずしずと岳の隣を歩いて浴室までついてくる。

仕方なく浴室の電気をつけて中に入り、干してある王子服を触ると、まだひんやり湿った生乾きだった。

着ているジャージを脱ごうとしている相手をチラリと見おろし、「ちょっと待ってて」と岳は急いで部屋に戻り、大きなビニール袋を持って戻る。

生乾きのコスプレ衣装を畳んでビニールに入れながら、

「そのジャージ一式あげるから、着て帰っていいよ。こっちはまだ濡れてて冷たいから、持って帰りな」

となんとなく本物の王子を送り出すような気持ちになりながら申し出る。

彼は目を瞠り、

「……いただいてもよろしいのですか？　こんなピカピカした布地は珍しくて貴重なものでしょうし、大事なお召し物なのでは」

と最後までナイロンやポリエステルを見たことがない王子設定を貫いてくる。

「いや、安物だし、王子様がお城のベッドでジャージ着て寝てるとこ想像したら、ちょっと面白いから、あげるよ」

話を合わせてそう言うと、彼は感激したように萌え袖でぎゅっとジャージの裾を摑み、

「……ありがとうございます。たとえ人違いでも、あなたと出会えた思い出の品として城でも大切にいたします」

と心からの言葉のように礼を告げてくる。

……これが嘘なんてとても思えないけど、きっと名演技なんだよな。

このあと、ほんとに潜る気なのかな。帰る道が塞がれて泉に戻れないとか言い訳するんだろうか。

ありえないけど、もし本当に目の前で湯船からブクッと大きな泡を残してリスと一緒に消えたりしたら、もう信じるしかないから、そのときはメルヘン界の実在を認めよう。

でもほんとにそんなことが起きたら、ショックでしばらく立ち直れないかもしれない。

俺は心霊現象もＵＦＯも信じないし、この世には科学で解明できないこともあるかもしれな

いけど、うちの風呂から人が消えるのを目撃しても、リアルな幻覚を見ただけだと自己暗示をかけて早急に忘れよう、と自分に言い聞かせる。

彼はTシャツの首元にリスを入れてしがみつかせ、「あ」と洗面台を振り返って革袋を手に取った。

「この『じゃーじ』の御礼に、僕からはこちらを。少ないですが、どうぞお受け取りを」

コスプレグッズの偽の金貨袋を差し出され、岳はくすりと笑って首を振る。

「気持ちだけもらっとく。次の旅で必要になるかもしれないから、取っときなよ」

そう言って衣装を入れたビニール袋に金貨の革袋と剣も一緒に入れて、口をきつく縛って手渡す。

ダサコーデになってしまうがジャージにブーツを履(は)かせ、

「忘れ物はないな？　じゃあ、気をつけて帰れよ」

どうなるんだと疑う気持ちと、本当に帰れるんじゃないかと思う気持ちの間で揺れながら、浴槽の中に立った相手に声をかける。

彼は荷物を抱えて岳に丁寧に会釈(えしゃく)した。

「短い間でしたが、お世話になりました」

なぜか本当の別れの時のようなうっすら淋しい気持ちになる自分を訝(いぶか)しみながら、

「いや、話聞いただけだから、たいしたことはしてないけどさ。メルヘンの世界にもいろいろあるみたいだけど、元気だして頑張れよ。……ちゃんと次は本物の相手の元に行けるといいな」

と半ば本気で告げる。

「……あの、最後にお名前だけ、お伺いしても……？」

遠慮がちに訊かれ、

「うん、葉室。葉室岳っていうんだ」

と答えると、彼は「……ハムロ、ガク殿……」と噛みしめるように繰り返した。

殿ってなんだよ、と苦笑してツッコみたかったが、大事そうに自分の名を口にした相手にまた胸がざわめいて茶化せなくなる。

では、ともう一度会釈して、彼は浴槽の中に蹲るように頭まで身を沈め、祈るように目を閉じた。

リスも同じように目を閉じ、三つ数え終わらないうちに急にふたりの姿が湯の中に吸い込まれるように掻き消えた。

「……う、嘘だろ……」

岳はがばっと身を乗り出して浴槽を覗き込む。

揺れて波紋を描く湯の中にはうっすらブーツの底から零れた小石がいくつか残るほかにはなにもなく、彼の姿は跡形もなく消えていた。

「……マジかよ……」

……本当に本当に、メルヘンの世界から来た王子だったのか……。

たしかにずっとかなりそれっぽかったけど、この目で見るまでは完全には信じられなかった。

でも実際に見てしまったからには、どれだけ嘘っぽくても事実と認めるほかはない。

「……けど、こんなこと人に話しても誰にも信じてもらえないよな……」

浴槽の縁に腰かけて、底の栓や小石だけが湯の中に見える水面から自分の顔を見おろした瞬間、ばしゃっとびしょ濡れのアシェルとピムが再びお湯から顔を出した。

「うわぁっ……！」

目を剝いて仰け反った岳に、濡れた金髪を張りつけて水を滴らせたアシェルが目を瞠り、

「ハムロ殿！」と懐かしい相手を見つけたかのように笑顔を浮かべる。

「……お、おま……、なんで……⁉」

驚愕のあまり、心臓がドッドッドッと狂ったように速く脈打ち、舌もうまく動かせずにそれ以上言葉が出てこない。

辛うじてひっくり返らないようにふんばる岳の耳に、

「ハフッ、ケホケホッ……なっ、またハムロの家に……⁉　なにゆえ……⁉」

とピムのヘリウムボイスがつんざくように飛び込んでくる。

それは俺が一番知りたいよ！　と心で叫びながら、湯に浸かったまままはぁはぁと肩で息をつくアシェルと、その襟元で濡れた毛皮を毛羽立たせて咳きこむリスを呆然と眺める。

……なんでだ。どうしてだ。いま確かに消えたのに、なんでまたそこにいる……！

帰宅後から延々終わらない不条理な出来事の連続にまともな思考力が失われ、もしかしたら、アシェルは凄腕のイリュージョニストか忍者で、水中に消えたように見せかけてただ潜っていただけで、メルヘンの国へ帰ったフリをしていただけなのかも、と突飛な仮説が浮かんでくる。

いや、だとしても、なんで俺んちで水遁の術やイリュージョンをやるんだよ。

完全に頭がとっちらかり、岳は髪をかきむしりながらわめいた。

「どういうことだよ、アシェル！　いま五秒くらい消えたよな!?　なんでまた現れるんだよ!?　ちゃんと帰らなかったのか!?　せっかくいい感じのお別れして、ほんとにメルヘンの王子だったんだってやっとこ認めたとこなのに、またイリュージョニスト疑惑が湧いただろうが！」

途端に息を切らしながらピムが目を吊り上げ、

「ハムロッ、不敬だぞ！　敬語も使わず、王子様を呼び捨てにするとは！」

と片手を突き上げて文句を言う。

「うるさい、俺の国の王子じゃないし、年下なんだからいいんだよ！」

岳は仏頂面で腕を伸ばし、ピムの片耳を弄る。

さっき見ていたらアシェルが耳を撫でると大人しくなっていたので、同じようにしてみると、面白いようにくにゃんと表情が崩れる。

なるほど、いい方法を知った、今後こいつがクソ生意気な暴言を吐いたらすぐこうすればいいんだな、と思った直後、いや「今後」なんてないから、と岳は慌てて己につっこむ。

アシェルに目をやると、ずぶ濡れのジャージ姿は五秒前と同じだが、手荷物が消えていて、剣と濡れた王子服入りのビニール袋が手元にはなかった。

あんなでかい荷物、どこに隠したんだ、やっぱりイリュージョニストでマジシャンなんだろうか、と困惑していると、ようやく息が整ってきたアシェルが言った。

「……『いりゅーじょにすと』とはなんのことかわからないのですが、ご質問にお答えしますと、ちゃんと泉に一度戻りました。無事に辿りついたのですが、飛び込んだあとにいつも強い水流に引きずり込まれるような感覚があって苦しいので、荷物があると邪魔だと思い、泉のほとりに置いて、身ひとつでもう一度『本当の運命の人の元に』と願いながら飛び込んだのですが、気付けばまたこちらに」

「……」

また嘘をついているようには見えない真顔だったが、五秒で行ったり来たりしたとか言われても、もう改めてどう反応していいのかわからなくなってくる。

「……ちゃんとやり直したのに、なんでまた俺のところに来ちゃったんだよ……」

一度目の襲来時から未解決の疑問のふりだしに戻り、徒労感(とろうかん)に駆られる。

しばし呆(ほう)けていたピムが小さな手でぺちぺち自分の頬を叩き、とろんとした目をなんとか見開きながら言った。

「そんなことはこちらが聞きたいくらいだ。今度は私も『王子様の本当の運命の相手の元に』とちゃんと願ったのだ。それなのにまたこんなことになるとは……」

「……ふうん」

ピムの言い分を聞き、ふたりの様子からも泉を通過するのはどこでもドアのように簡単ではなく、かなり苦痛を伴うらしいので、わざわざ本人たちが苦しい思いをして望まぬ場所に行くことを願うはずはないから、本当に泉の采配ミスで二度もここへ運ばれてしまったのかもと思えてくる。

岳はふうと小さく息をつき、湯船にしゃがんでいるアシェルを縁から見おろす。

「……なんかご苦労さんだったけど、一応向こうには戻れたんだよな？　だったら、あと一回戻るだけ戻って、もう間違ってばかりの『願いの泉』に飛び込むのはやめて、お城に帰ったほうがいいんじゃないか。ここは『現代日本』っていう世界で、『カールハート王国』とはきっと全然違うし、さっき『ケアリー卿が行方を捜してる』って言ってたろ？　きっと向こうで心配してるよ」

家出人の保護をしたときのような口調で諭すと、「すぐに戻りましょう！」と言いそうなピムが「え、また……？」と気弱な声を出した。

失禁したときと耳を撫でられたとき以外、強気なピムが項垂れるようにアシェルの襟首に顔を埋め、

「……王子様、これで三度泉を行き来いたしましたが、私めの身体では今夜四度目に挑めば、とても身がもたずに途中で力尽きて死ぬに違いありません……」

と弱音を吐く。

「そんな、ピム！」とアシェルが眉を寄せて首を振り、両手で包むように友の身をさする。

「死ぬなんて口にするな。おまえはずっとずっと僕の大事な親友としてそばにいてくれなくては」

「私もそうしたいです。ですが、あの水の中をまた戻るのはとても……ですから王子様、どうか私をここに残し、おひとりでお戻りを。そして私はこちらで静養して体力を取り戻し、次の満月の夜にまた飛び込んでカールハートに戻りますので……！」

「え……、おい」

なに勝手に残るとか決めてんだ、おまえなんか置いてかれても困るし、王子の襟首にくっついてるだけなんだから水流くらいなんとか耐えろ、と叱咤しようとすると、

「なにを言う。おまえひとりを置いていくなんてできるわけがないだろう？　元はと言えば、僕がおまえをつきあわせたせいだし、おまえがそんな弱音を吐くなんて、よほど泉の往復が辛かったんだろう。済まなかった、ピム。……もう今夜は諦めよう。そして僕もこちらに残るから、次の満月の夜に共に戻ろう」

とアシェルがピムを撫でながら励ますように言う。

……おいおいおい、そういうことは家主と相談してから決めろ。

「王子様……！」「ピム！」とひしと頬を寄せ合う王子とリスを見おろし、異種族間の美しい友情はあっちの世界ではぐくんでくれ、と岳はこめかみをひくつかせる。

アシェルは顔を上げて縁に掛ける岳を見上げ、

「ハムロ殿、大変恐縮なのですが、よんどころない事情ですぐには戻れないので、よろしければ、次の満月まで僕たちをこちらに逗留させていただけませんか？」

と丁寧だが、誰かにものを頼んで一度も断られたことがない人の物言いで言った。

岳はきっぱり首を振る。

「それはできない。俺はまだ君たちの正確な身元を把握できてないし、現代日本では突然不審な方法で住居侵入してきた初対面の素性も知らない相手を一ヵ月も自宅に泊まらすようなおめでたい人間はいないんだ。ちょっと休憩したら、もう一回トライして早く帰ってくれ」

こんな面倒くさい相手を一ヵ月も家に置くなんて、親戚の幼児を一ヵ月預かるより大変そうだし、魔法の泉の手違いだかなんだか知らないが、単に巻き込まれただけの無関係の俺がそこまで面倒見てやる義理はない。

アシェルは「わかりました、王子様」以外の返事が返ってくるとは思わなかったらしく、気品ある失意の表情を浮かべて口を噤んだ。

悪いけど、俺は王子様の下僕じゃないから、なんでも聞いてやる謂れはないんだ、ていうか、一回消えてすぐ現れちゃったから、本物のメルヘンの王子かまた疑わしくなったし、と思っていると、アシェルの襟元で「なんという冷たい男だ……！」とピムが叫んだ。

「我が故郷では、道に迷った者や、疲れた旅人が宿を求めてきたら、見知らぬ相手でもあたたかい食事と寝床を与えるのが倣いなのに、『げんだいにほん』とは人情の通わない血も涙もないところなのだな！」

「……」

そんなに舌がよく回るなら、もう体力回復してんじゃないのか、と思いつつ岳は言った。

「だから、ここはメルヘンの国とは違うんだよ。淋しいけど、人に親切にしてひどい目に遭うこともあるんだ。道を聞かれて快く答えてあげようとしたら車に連れ込まれて襲われたり、『トイレ貸してください』と頼まれて家に上げたら強盗されたり、挨拶しただけで『俺に気がある』ってストーカーされたり、『猫を一緒に探して』って言われた幼児が強制わいせつの餌食になったり、一つ目巨人はいないけど、充分怪物みたいな奴らがいるから、気を付けなきゃいけない場所なんだ。……だからってすべて仇になるから親切にするなと思ってるわけじゃないし、君が強盗に変わるとも思ってないから、もし王子じゃなくてほんとは家出人なんだったら、一晩くらい泊めてやってもいいけど、一ヵ月も預かるのはちょっと無理だ」

さっきの再登場の仕方を目撃したいまは、メルヘンの王子の確率より、テレポート能力のある超能力者の確率が高いような気がしてきて、国家機密の研究所で高度な知能を植え付けられたリスとともに実験対象にされていたエスパーの少年が虐待的な扱いをする研究所を逃げ出し、偶然うちに来てしまった、というほうがまだメルヘンより現実的かもしれないと思えてきた。

真実を教えてくれれば手助けの方法を考えるから、本当の話をしてほしい、と言おうとしたとき、アシェルがまた感情を閉ざした人形のような表情になった。

胸元でそっと両手で包むピムに目を落としてから、アシェルは岳を見上げて静かに言った。

「……わかりました。国にも追い剝ぎや贋金作りなど、悪事を働く者がいるとケアリーから教わっております。ハムロ殿が僕を怪しまれるお気持ちはわかりますし、急にお伺いしてひと月の宿を所望するなど厚かましいお願いでした。ピムの息が整い次第帰りますので、もうしばらくだけ、こちらで休ませていただけないでしょうか」

「……あ、うん、それくらいなら」

今日中に帰ってくれて、二度と戻ってこないならそれに越したことはないのに、なんとなく相手の聞き分けのよさが、ずっと王子様らしく振る舞うことを望まれて反抗を許されなかった半生を窺わせ、すこしだけ不憫な気持ちも湧いてくる。

きっと『願いの泉』に飛び込んだのは人生初の冒険だったんだろうに、人違いで追い返されるなんて想定外だっただろうな。俺も死ぬほど想定外だったけど。

そのとき、「王子様、今夜本当に四度目を⁉」と怖気づいた声で叫んだピムが「あっ！」と硬直した。

また漏らしたらしく、いたたまれない顔をするピムをアシェルが宥めるように撫でる。

人んちの風呂の中で……、と思いつつ、

「……ふたりとも、一回そこから上がって、すこし部屋で休みな。まだ満月が消えるまで時間あるし、腹ごしらえすればピムも元気が戻るかもしれないし。着替え取ってくるけど、今度はひとりで着替えてくれよ」

と浴槽の縁から立ち上がって新しいジャージを取りに行く。

ずっとリスの尿が数ミリリットル混じった湯の中で待機させるのも酷だし、最後になにか食べさせてから送り出すくらいの親切はしてやろうと思った。

この親切が仇になり、岳はメルヘンの国へ帰宅困難になった自称王子をしばらく居候させることになってしまったのだった。

＊＊＊

「……つっても、いま食パンとカップラしかないんだよな」

脱衣室に着替えを置いてキッチンに戻り、ストック棚を開けて岳はひとりごちる。

ひとっぱしりコンビニに行って買ってきてもいいが、アシェルたちを置いていくのも気掛かりだし、一緒に連れていくといろいろ気疲れしそうだから遠慮したい。

メルヘンの王子にラーメン食わしていいのかな、と思いつつ、ヤカンをコンロにかけ、マグカップを自分用とふたつ並べてインスタントコーヒーの準備をする。

相手の分は泉の往復で疲れているだろうから甘いほうがいいかと砂糖を足していると、新しいジャージに着替えたアシェルが脱衣室から出てきた。

「お、ひとりで着れたな。えらいえらい。髪もわしゃわしゃしてきたか？」

「はい、わしゃわしゃしました」

「よし。じゃあアシェル、パンとカップラならどっちがいい？」

片手にひとつずつカップラーメンと六枚切りの食パンの袋を持って訊いてみる。

「……『パン』はわかりますが、『かっぷら』とは……？」

改めて聞かれると、共通認識のない相手に説明するのが難しく、

「ええと、メルヘンの世界にパスタってあるかな。それが汁に入ってる麺料理というか、スープと一緒に細長いヌードルをずるずるっと啜って小腹を充たすのが『カップラーメン』」

この説明でわかる？　と問うと、品よく小首を傾げられる。

だろうな、と苦笑して、

「じゃあ、両方用意してやるな。……リスはなに食べるのかな」

と言うと、「ピムはクルミが好物ですが、人間の食べ物も食べられます」という応えがある。

「クルミなんてないな……、あ、こないだコーヒー屋のおまけについてた塩ピーナッツならあるけど、それどうかな」

コーヒーだけ飲んで食べずにもらってきた豆の小袋を小皿に出し、コップ代わりにペットボトルのキャップに牛乳を入れ、テーブルの上にへたばった様子で座っているピムの前に置く。

「大丈夫か？　これでも腹に入れて、次の飛び込みに備えてくれよ」

あからさまによれっと疲労の色を濃くしているピムに同情しつつ、でも今日中に帰ってもらわないと、と思いながら腹ごしらえを勧める。

ピムはじいんと胸打たれた表情で、ぺこりと頭を下げた。

「ハムロ、大きな図体でなかなか気が利くのだな。ありがたく頂戴する」

ひと言余計だが、顔との比重だとどんぶりサイズになるペットボトルのふたを両手で掲げて牛乳を飲む姿は妙に可愛らしく、思わず和む。

ヤカンが沸騰したのでガスを消し、カップラーメンにお湯を注いでフタの上にシリコンの人形を置く。

母親が面白グッズをすぐ買うタイプで、頼みもしないのに息子の分まで買って送りつけてくる。これもそのひとつで、返すのも面倒なのでそのまま使っているが、三分経つと蛍光ブルーの体色が白く変わり、実用性があるので愛用している。

マグカップにもお湯を入れてスプーンでかきまわしていると、いつのまにかそばに来ていたアシェルが微笑しながら言った。

「やはりハムロ殿はケアリーのような魔法使いなのですね。火を一瞬で消したり、普通はいたずら好きで一時もじっとしていない小人を大人しく使役したり、お湯を入れてかきまわしただけで茶色く香りのある液体に変えたり。この屋敷の中にあるものはすべて不思議な道具ばかりですし」

いたずら好きな小人？　と相手の視線を追うと、カップのフタを上半身でのしかかるように押さえているシリコン人形に注がれていた。

洗濯機や電気やガスコンロのＯＮ・ＯＦＦや、インスタントコーヒーを作るだけで魔法と言ったり、シリコン人形を小人に手伝わせていると思ったりするメルヘン思考を聞いていると、訂正するほうが野暮なような、日常の雑事もそんな風に考えるとすこし楽しいような、柄にもなくほのぼのした気持ちにさせられる。

食パンにバターを塗りながら、

「アシェルの国って魔法使いとか小人とかが普通にいるのか？」

と訊いてみると、アシェルはにこやかに頷く。

「はい。妖精や小人は野原や人里にたくさん住んでいますが、身体の大きい人外の生き物は森の奥や深い山で暮らしています。魔法使いは少なく、その中でも多くの魔法使いを輩出しているフォートラム一族が王家を守ってくれています」

「へえ……」

さらっと『人外』とか言ってるけど、間違ってもこっちに来てほしくないし、自分も死んでも行きたくないから、今後満月の夜はシャワーだけにして風呂は絶対溜めないことにしなければ、と心に誓う。

でももうすっかり感覚が麻痺して、妖精とか小人とか人外とか言われても、「へえ、いるんだ」と冷静に受け止められるようになっている自分が怖い。

「ケアリー卿っていうのはどんな人？　悪さをすると罰としてネズミに変えるって脅すとか言ってたけど」

「卿」とつくイメージからいかめしい顔つきの杖を持った老魔法使いを思い浮かべながら問うと、

「いえ、決して怖くはありません。ただ、とても仕事熱心なので、僕に関することは過剰になりがちな嫌いはありますが……。ケアリーは大変な美貌で、人間・人外を問わず、それはもうたびたび多方面から求愛されているのですが、一切目を向けずに僕にかかずらっているので、どなたかと恋仲になってくれたら、と気を揉んでおります」

というアシェルの解説にイメージを覆される。

じいさんじゃなかったのか。でもこんな綺麗な子が『大変な美貌』というなんて、メルヘンの国って美形率が高いんだろうか。けど、『人外』にもモテるっていうと、なんか普通の美形とは違うような気もするし、顔の想像がつかない。

この子だって顔も身分からも充分モテるだろうに、初恋もまだらしいのは、過保護な養育係が変なのとつきあわないようにガードしてたせいかも。

なんとなく、この子を小さい頃から育ててたら、溺愛したくなる気持ちになるのもわからないでもないけど、とジャージを着ていても気品や性質の良さが滲み出ているアシェルを見ながらひそかに思う。

こんな王子様に似合うのは、やっぱりメルヘンの国のプリンセスだろうし、なんで俺のところなんかに来ちゃったんだろう。

本人だって「なんで⁉」って思っただろうに、結構動じずに「人違いじゃないかも」なんて言い出すから驚いたけど、「人外」も恋愛対象の世界みたいだから、メルヘン界の人々はあんまりパートナーの性別や形状にこだわらないのかも。

まあ、もうすぐ帰るんだから、メルヘン界の恋愛事情は深く追及せずにふんわりさせたままお別れしよう、と気持ちを切り替え、

「アシェル、甘いパンとしょっぱいパンならどっちがいい？」

とまた両手に砂糖とマヨネーズを片方ずつ持って問う。

「……では、甘いパンを所望しても……？」

遠慮がちにリクエストされ、「ＯＫ」とバターを塗った上からパラパラ砂糖をかけて真ん中で折り、食べやすいように半分に切る。

「はい、バターシュガーサンド。手で摘まんで食べな」

席に着かせて皿とマグカップを置くと、「頂戴いたします」と品よくひとつを手に取り、しばし眺めてから優雅に口許に運ぶ。

シンクに寄りかかって岳もコーヒーを口に含むと、

「……こ、これは……！　こんなにやわらかいパンは初めてです……！」

とアシェルが目を見開き、耳をいじられたときのピムみたいな至福の表情になる。

「実は、このパンは白くて四角いし、本当にパンなのかと疑いながら口にしたのですが、大変美味しくて驚きました。『げんだいにほん』産のパンの味は国に帰ってからも忘れません……！」

……いや、そこまで言うほどのもんじゃないし……、でもこの程度のパンでここまで喜ぶなら、もうちょい高級なパンを思い出に食わせてやればよかったな、とそんな義理もないのについ思う。

「王子様、そんなに美味しいのですか？」

塩ピーを頬袋に詰め込みながら食べているピムがうらやましげに訊くと、

「うん、とても。おまえも豆を片側に寄せて食べてごらん」

とアシェルが小さく端を摘まんで渡し、食べたピムも「ふおぉッ！」とヘリウムボイスで叫ぶ。

オーバーだな、興奮して漏らすなよ、メルヘンの国の食事がどんなものか知らないけど、お城でいいもん食ってるだろうに、と思いつつ、予想外に大喜びで食べているふたりの様子につい ほっこりする。

三分経ってカップラーメンも出来たので、「こっちも食べてみな」とフタをはがし、ピムの分を別のペットボトルのキャップにすこしとりわける。

箸より慣れているだろうとフォークを添えてアシェルの前に本体を置き、ボトルキャップ入りの麺をピムの前に置く。

ピムはちょんちょんと触ってからはぐはぐ口に入れ、

「ヒョッ！　これも美味い！　……ハムロ、もしおまえが私のこの小さな身体で四度目の飛込みに挑むのはあまりにも不憫だからやめておけ、と申すなら、そうしてもいいのだが」

と食べ物に惑わされてここにしばらく残ろうとしているのが明らかで、岳は即答する。

「いや、言わないから、頑張って帰ってくれ」

きっぱり言ってからアシェルに目をやると、カップラーメンを前にフォークを持ってじっとしている。

食べ方がわからないのかな、と岳は向かいから手を伸ばしてカップを持ち、アシェルの手ごとフォークで麺を掬い上げフーフーと息を吹きかける。

「こうやってフーフーしてちょっと冷ましてからズゾーって啜って食べるんだよ。ほら、口開けな」

とひと口目は食わせてやろうとフォークを口許に近づけると、すぐそばにある美しい貌が赤らんでいた。

フォークごと握った手もかすかに震えており、おいおいどうした、と思いつつ、うっかりこっちまで釣られてそわそわしてくる。

……なんでそんな初々しい反応するんだよ、もしかしてまだ泉の采配ミスを真に受けて、俺を運命の相手だと思い込んでるのか？

絶対違うから、勘違いで俺に惚れたりしないでさっさと帰って許嫁と結ばれてくれ。

俺は男を好きになったことはないし、警官だから交際は結婚を前提にした相手を推奨されてるし、恋人ができたらどこの誰でなんの仕事をしてるかとか詳しく上司に聞かれるし、警察には警務課という警官の素行を調べる部署があって、変なのとつきあいがないかとか、ヤクザとの癒着や風俗やギャンブルにはまったり不倫したりしてないかとかチェックされるし、結婚前に相手の身内にも犯罪者がいないか身元調査までされるし、とにかくメルヘンの国の王子様とは交際できないから、とそこまで考え、ハッと我に返る。

別にそんなことひとことも言われてないのになに先走ってんだ、俺は、と内心慌てる。

この子が顔を赤らめたり震えたりするから……！　と八つ当たりに手を離そうとして、ふと相手の赤面や震えが初恋のときめきによるものとは違うかも、と異変に気づく。

重ねた手の甲や指先はひんやりと冷たく、手だけでなく全身細かく震えており、頬の赤さは熱っぽさを感じさせた。

「アシェル、具合悪いのか？」

片手を額に当ててみると案の定かなり熱く、さっきびしょ濡れの王子服でくしゃみをしていたし、冷たい泉に何度も潜って風邪を引いてしまったのかも、と思い当たる。

なんだよ、変な勘違いしちまったじゃねえか、と内心羞恥を堪えつつ、

「ちょっと熱測ってみな」

と救急箱から体温計を取ってきて、「これ脇の下に挟んで」とジャージのファスナーを下ろし、「え？」と岳は眉を寄せた。

「あ……」とうろたえた顔で襟元を押さえるアシェルの手をどかしてもう一度確かめると、なぜか最初に着せて帰した濡れたジャージを下に着たまま、新しく貸したジャージを重ね着していた。

細身なので着膨れ感がなく気づかなかったが、どうやらずっと濡れたものを着ていたせいで身体が冷えてしまったらしく、ひとりでちゃんと着替えられたのかと思ってよく確かめなかった、と心の中で舌打ちする。

「なにやってんだよ、アシェル。濡れたの脱げって言っただろ？　風邪引かないために着替えろって言ったのに、なんでこんな意味のないこと……、わかんないなら訊いてくれよ。急いでもう一回着替えよう」

クローゼットから新しい着替え一式を取り出し、

「早く脱いで。まだひとりじゃ信用できないから手伝うよ」

つい咎める口調で言い、ピムにも「なんでおまえも『それ違うんじゃないか』って言わないんだよ」とメルヘンの国のリスだからわからなかったかもしれないのに八つ当たりで叱る。

水が染みて湿っぽくなっている上のジャージを脱がせると、しょげた顔で俯いていたアシェルが小声で言った。

「……着方を間違えたのではありません。ただ、脱ぎたくなかったのです。この『じゃーじ』はハムロ殿に初めていただいた贈り物だから、ずっと手元に取っておきたかったのに、もし脱いだらお返しししないといけないかと思って……」

「……え」

岳は驚いてアシェルを見おろす。

うっすら涙の浮かぶ空色の瞳に、そんな理由かよ、馬鹿だな、そんなもん欲しけりゃ取り上げないし、そこまで大事にするほどのものじゃないのに、それで熱出してりゃ世話ないだろうが、と叱りたい気持ちと、すこしだけいじらしく思う気持ちが入り混じる。

「脱いだってまた持って帰っていいから、早く着替えろ。薬飲んでちょっと横になれば、月が消える前に熱が下がるかもしれないし」

　非常時なので、目のやり場に困っている場合ではなくてきぱき脱がせてバスタオルで拭き、乾いた服を着るのを手伝う。

　メルヘンの国の住人に普通に薬を与えていいかすこし迷い、ピムに訊いてみる。

「ピム、アシェルって向こうで風邪とか引いたら、どんな薬飲んでる？　薬草の煎じ汁とか？」

「いや、すこしでも体調を崩すとケアリー卿が魔法で治してしまうから、病に罹ったことがないし、薬も飲まぬ」

　じゃあ無菌状態で育ったみたいなものか、なのに濡れたものを着っぱなしなんて馬鹿なことをするから、と軽く苛立ちながら、ベッドに寝かせて熱を測る。

　ピッと表示された値は三十七度八分で、冷凍庫からアイス枕を取ってきてタオルで巻いて枕に乗せ、解熱剤入りの風邪薬を用意する。

「アシェル、これ飲めばすこしは楽になるから飲んで。そのままひと眠りして、明け方になったら起こすから、もしそのとき完全に熱が下がってなくても、悪いけど、頑張って飛び込んでくれないか。向こうに着いたら、ケアリー卿にすぐ魔法で治してもらえばこじらせずに済むだろうし」

　ちょっと可哀想だが、次善の策として提案すると、アシェルは「わかりました」と熱で紅潮した顔で素直に頷き、岳の手から錠剤を飲んで枕に頭を乗せて目を閉じた。

　さっきまで元気そうに見えていたが、実はしんどかったのか、いろいろあって疲れていたのか、アシェルはすぐに眠りに落ちた。

　その寝顔が、メルヘンの国の王子という出自を知っているからか、なんとなく眠れる森の美女や棺で眠る白雪姫を彷彿とさせ、ひそかに見惚れる。

　アシェルの枕元で「王子様、熱を出されるなんて、おいたわしや」と泣きそうな顔で心配しているピムを片手に乗せてアシェルの横に寝かせて布団を掛け、

「おまえもバテてるんだし、しばらく一緒に寝てろ。たぶん、アシェルはあんまり薬飲んだことないから結構効くかもしれないし、きっとすぐ下がるよ」

と希望的な気休めを言ってふたりを休ませる。

　間接照明だけにして部屋の電気を消し、窓のカーテンをすこしあけて夜空を確かめると、傾きながらもしっかり黄色い満月が浮かんでいる。

　まだタイムリミットまで余裕はあるな、と頷いて、自分は寝過ごしたりしないように起きて待つことにし、どっさり増えた洗濯物を片付けようと脱衣室に行く。

　自分の洗濯物と一緒にアシェルに貸したタオルやジャージを洗濯槽に入れながら、ふと最初に着せたジャージを手に取る。

　……こんなもんのために風邪なんか引いて……、『初めていただいた贈り物』なんてこんな

もんをそんなにありがたがるなよ。ちゃんとあげたくて選んだプレゼントならともかく、しょうがないからあげただけなのに、向こうでケアリー卿とかに「これはハムロ殿にいただいた『じゃーじ』です」なんて自慢されたらこっちが恥ずかしいから、なんかもっといいもんを『初めての贈り物認定』してほしい、と考えて、ハタと岳は我に返る。

いや、なんで俺がアシェルにプレゼントなんか贈らなきゃいけないんだよ、そんな関係じゃないし、と首を振り、投入口に洗剤と柔軟剤を入れてスイッチを押す。

静音設計の洗濯機が回りだすと、また「指一本でこんなことができるなんて魔法使いなのですね」と言ったアシェルの微笑が思い浮かび、岳はもう一度首を振って風呂場の壁に片手をつき、片手を背中に回して壁立て伏せをはじめる。

……だから、俺は本来メルヘンなんて信じてないし、アシェルのこともまだ半分は疑ってるし、男に恋する人を否定はしないが、俺は違うし、つきあうなら素性確かな自立した大人がいい。

間違ってもギリ未成年のひとりでパンツも穿けない手のかかるメルヘンの王子様が「運命の相手」なわけはないから、いろいろ紛らわしい反応をされたり、いじらしいことを言われても動じないようにしなければ。

洗濯が終わるまで無心に筋トレをし、タオルやシャツをハンガーやピンチに几帳面に留めて浴室に干す。

警察学校の寮生活で整理整頓や掃除洗濯、ボタンつけなどの裁縫、靴磨き、アイロン掛けなど厳しく身につけさせられるので、いまも習慣づいている。

洗濯を終えて出てくると、アシェルたちは静かに眠っていた。

足音を立てないように近づいて顔色を見ようと上から見おろすと、熱で頬が薔薇色になった金髪の天使のようなアシェルと、そばで丸まって眠るピムが揃って寝息を立てる姿があまりにも可愛くて、柄にもなくキュンとする。

……いや、これは子猫の動画を見たときと同じ反応であって、特に意味はない、と己に言い聞かせ、テーブルの上に残されたマグカップやペットボトルキャップを片付け、伸び切ってしまったカップラーメンをフライパンに広げてお好み焼きのようにかりっと焼いて夜食にする。

焼きラーメンを摘まみながら、暇つぶしに「鷹と王子」の電子版をダウンロードしてじっくり読んでみる。

『昔むかしあるところに、カールハートという国の、十七の塔のあるお城にエリュシオンという名の王子が住んでいました』から始まり、『こうして王子は国に戻り、愛するフランシア姫と鷹のギードと共にいつまでも幸せに暮らしました。もし死んでいなければ、まだ生きているはず』で結ばれた童話を読み、岳は「……ふうん」と小さく呟く。

作中でエリュシオン王子がなぞなぞ好きの人魚にもらった王冠の形のペンダントをフランシア姫への求婚時に贈った場面の挿絵に、アシェルが首に下げていたものと同じペンダントが描かれていた。

これを王家の男子が妃に贈るように受け継ぎ、アシェルも亡くなった母親からもらったんだろうか。

……いや、ただの偶然かも。ていうか、アシェルがマニアなメルヘンオタクで挿絵を見て同じデザインで特注したオリジナルコスプレグッズかもしれないし。

まだ完全には信じきれないまま電源を落とし、もう一度風呂場に行き、追い焚きボタンを押す。

病み上がりを追い返すので、数秒しか浸からなくてもぬるく冷えたお湯よりあったかいほうがいいだろうと配慮する。ピムの尿も数滴混じっているので新しく入れ替えようかとも思ったが、なんとなく元の湯のほうが魔力の効果がありそうな気がして、勝手に入れ替えるのは控えた。

再トライに備えて中に干していた洗濯物をベランダに移し、空を見上げてだいぶ傾いた月の位置を確かめる。

群青一色だった夜空の裾に薄紅の差し色が入り、徐々に明け初めていく。

白みはじめてもまだ空に月が浮かんでおり、ギリギリまで寝かせてすこしでもコンディションをよくしてやろうと温情で待ってから、

「アシェル、そろそろ起きてくれ。ピムも起きろ」

と上から覗き込むように声を掛け、額に手を乗せて熱を確かめる。

さっきよりだいぶ下がっていたので、これなら大丈夫だろう、とすこしホッとする。

「ん…ハムロ……、もう起きる時間か?」とむにゃむにゃ言いながら目を覚ましたピムに「うん、おまえもちょっとは回復したか?」と問いながら、まだ起きないアシェルの肩を揺らす。

が、アシェルはいくら強く揺すってもされるがままで目を開けず、ピムが耳元で何度名を呼びかけても反応がなかった。

「……ハ、ハムロ……もしや王子様はお亡くなりに……?」

震えながら見上げてくるピムに岳は首を振る。

「いや、死んでない。息もしてるし、脈もある。熱っぽさも落ち着いてきてるし、たぶんただ寝てるだけに見えるんだけど、なんでこんなに起きないんだろ。ピム、アシェルって、普段お城でも寝起き悪いほうか?」

タイムリミットが迫っている焦りに駆られながら確かめると、

「とんでもない。いつも小鳥のさえずりと共に爽やかにお目覚めになる」

とメルヘンな返事を受け、岳は拳で自分の額を叩きながらピムを見おろす。

「……もしかしたら、風邪薬が効きすぎたのかもしれない。眠くなる成分もちょっと入ってるやつだったから」

十五歳以上の一回三錠を飲ませてしまったが、メルヘン界の住人には一錠くらいで充分だったのかもしれない、と悔やみながら、まさに眠り姫さながら美しく眠り続けているアシェルを見おろす。

このまま起きなかったらマズいことに、と焦ってなんとか送り返す算段を思いめぐらす。

「……ピム、もしアシェルが寝たままでも風呂に抱いてって沈めてみたら、戻れると思うか？　一応こっち側からは泉に直通なんだろ？　おまえがくっついて二人分必死に願えばアシェルが意識なくても一緒に戻れないかな」

ちょっとひどい方法かもしれないが、メルヘン界のシステムならなんとかならないかと打診すると、ピムが目を吊り上げる。

「なんと恐ろしいことを！　王子様を殺す気か！　意識がないまま潜ったら、きっと湯桶で溺れるか、泉までの途中の水中でさまよわれて溺れてしまうに違いない！　私が眠る王子様の襟首で必死に願っても、私の身では小さすぎて自分ひとりだけ戻るのが精一杯のはずだ。おまえこそ、指一本で魔法を使えるのだから、パッと王子様を目覚めさせてくれればいいではないか！」

「できないんだよ、ほんとの魔法使いじゃないし！」

揉めながら窓の外をチラッと見ると、明け方の空がどんどん朝の色を強くしており、こんなことならもっと早く起こせばよかった、と焦りながら、

「ど、どうすればいい？　もうあんまり時間がない。ピム、なんかアシェルを起こすいい方法

を思いつかないか？　なんでもいいから言ってみてくれ！」

アシェルの両肩をゆさゆさ揺らしながら助けを乞うと、ピムは重々しい顔つきで言った。

「……こういった場合、有効な方法はただひとつ、ハムロが眠る王子様に口づけるのだ」

「……え？」

たしかにその方法はメルヘンあるあるだけど、それは王子様が姫にするものだろう、と眉を顰める。

「やだよ、なんで俺が初対面の男の子とそんなこと……」

「これしか方法がないのだ。それにこうすれば二度もハムロの元へ来たのが実は間違いではなく、本当の運命の相手だったのか、はっきりさせることもできる。もしハムロが本当の王子様のお相手なら、口づければ必ずやお目覚めになるはずだ」

「……」

岳は無言で天使のように美しく安らかな顔で眠るアシェルをもう一度見おろす。

……そんなことを言われても、試す前から俺がこの子の運命の相手じゃないことは明白だし、恋に憧れが強いらしいアシェルのファーストキスは、本物の運命の相手に取っといてあげるべきなんじゃないか。

本音を言えば、ほかの野郎にキスしろと言われるよりはそんなに抵抗感はないし、むしろ微妙に役得感も感じないわけでもないが、これでもしも目が覚めて確実に『運命の人』認定され

たら困るし、と躊躇していると、

「ぐずぐずしていると完全に月が消えてしまうぞ！　元はと言えば、おまえが『げんだいにほん』の薬を王子様に飲ませたせいでこうなったのだから、責任をもって口づけせよ！」

とびしっとピムに人差し指を突き付けられる。

いや、元はと言えば、おまえらが勝手にうちにやってきたせいだろうが、と理不尽さに駆られるが、もう一度窓に目を向けて、アシェルの瞳の色にグレーを混ぜたような空に太陽の輝きが増しているのを見やり、もうしょうがない、と覚悟を決める。

眠るアシェルの上に屈みこみ、顔の両脇に手をついて、半目を閉じて薄桃色の唇に自分の唇を押し当てる。

……うわ。

なんか、すごく気持ちいいぞ。

メルヘンの王子様だからか、唇の感触がえもいわれぬ柔らかさで、ただ触れ合わせるだけのつもりがつい強く吸いついてしまう。

いつまでも離したくないほど王子の唇は甘やかで、思わず舌まで入れたくなる心地よさに、これは救急蘇生の一環だぞと己に言い聞かせてなんとか思い止まる。

内心うっとりしながらチラ、と相手の目が開いたか確かめると、まだ閉じられたまま睫の震えもなく、（あれ？　結構長くしちゃったのに）と岳は唇を離してアシェルの顔をまじまじ見

つめる。

「……お目覚めにならぬな。やはりハムロは運命の相手ではないのか」

横からじっと見ていたピムにぼそりと言われ、岳はカッと目許を赤らめながらわめく。

「だから最初っからそう言ってるだろうが！　こんなこっぱずかしいことおまえの前でやりたくなかったのに、『方法はただひとつ』なんて言うから思わずやっちゃったじゃねえかよ！」

決して不快ではなく甘美な経験だったし、『運命の相手』と判明しなくてよかったはずなのに、自分のキスに失格の烙印を押されたようで若干プライドが傷つく。

ピムは小さな両腕を組んで岳を見上げ、「もうひとつの方法を試してみるか」と言い出した。

まだ別の方法があるならキスする前に言えよ！　と羞恥で憤りながら「どんな方法だよ」と問うと、

「あの四角い湯桶にハムロが王子様をしっかり抱えて潜り、『願いの泉に行きたい！』と願って王子様を泉までお送りするのだ。そして帰りはハムロひとりで『家に帰りたい！』と願ってこちらに戻ってくればよい」

とちょっと駅まで送ってけ、くらいの口振りで言う。

「ちょっと待て。さっき、おまえが寝てるアシェルの首にくっついて願ってもおまえだけしか行けないって言ってただろ。俺がアシェルを抱いて願ったとして、アシェルがどっかに遭難して俺だけあっちに行っちゃったら最悪じゃねえか」

百歩譲って確実に送り届けられるならまだやってもいいが、着いた先の森には人外とかが住んでいるらしいし、帰りだって、間違った相手の元に二度も送り込むようなポンコツの泉から無事家に戻ってこられるか保証もない。

俺のキスに無反応でぐうすか寝てる王子のためにそんな危険は冒したくない。

「……仕方ない。一番安全かつ確実に、なんとしてもアシェルを起こして自分で帰ってもらおう。ふたりでもっとガンガン起こすぞ。いいな、ピム」

「相わかった」

それからふたりがかりで上半身を起こして激しく揺さぶったり、耳孔から直接ヘリウムボイスを大音量で送り込んだり、唇や首筋に氷を当ててみたり、無理矢理瞼をこじ開けてみたり、両頬を引っ張ったり、くすぐってみたり、しまいには立たせて振り回してみたが、アシェルはなにをしてもすやすや眠ったまま一向に起きず、結局目を覚ましたのはその日の午後だった。

朝になっても昼になっても眠ったままで、見た目はただ寝てるだけに見えるけど、もしかして薬が体質に合わずにこのまま目が覚めなかったらどうすれば、最悪死んでしまったりしたらどうしよう、と気を揉んでいたので、アシェルがゆっくり瞼を開けたときには心底安堵した。

ホッとしたあまり、今頃悠長に起きても遅いんだよ、あんなに頑張って起こそうとしたのに、そのうえキスまでしたのに、と怒ろうとして、ピムが言ったとおり「爽やかなお目覚め」顔で「ハムロ殿」と微笑され、つい甘い唇の感触を思い出して岳は口を噤む。

寝てて覚えてない相手にわざわざ言う必要もないか、照れくさいし、とそのことに触れるのはやめ、岳は素っ気ない声で言った。

「どうだ、気分は。アシェルが熱出して寝てる間に、もうとっくに満月消えちゃったぞ」

そう言ってベッドの縁に掛けると、「……えっ」と気品ある驚きの表情を浮かべ、アシェルは半身を起こした。

室内をきょろりと見回し、窓に目を留め、外の日差しを見てアシェルはハッと息を飲む。

「……そんな……、も、申し訳ありません、昨夜のうちに城に帰るはずでしたのに……」

本当に済まなそうに詫びてくるので、ほんとに大変なことになっちゃったよ、という本音は言えなくなる。

「……まあ、こうなっちゃったもんはしょうがないから、今後のことについて話そう」

朝の空に白く残る月も消えて太陽がさんさんと射し込んでもアシェルが起きなかったときから、次の満月までどうするか、ピムと相談して心積もりはした。

まだ百パーセント信じてはいないが、ほぼメルヘン界の住人らしい相手を「勝手に来たんだから、自分でなんとかしろ」と抛りだして知らんぷりするほど無情にはなれないし、家出人の一時保護施設で預かってもらうのも、知り合った経緯をどう説明すべきか悩ましいし、きっと本人も受け入れ先も難儀するのは目に見えているので、もう行きがかり上自分が面倒みようと犠牲的精神で肚を括った。

「次の満月までうちに居候してもいいけど、追い出されたくなければルールを守ってほしい。知らない世界に来て、いろいろ冒険したいかもしれないけど、ピムとふたりだけでは絶対外に出ないでほしいんだ。俺と一緒のときならいいけど、ひとりでうろちょろしたら危ないし、ここは警察の寮だから、ほんとは勝手に人を泊めたりしちゃいけないから」

ほかの同僚たちもそれぞれシフトが違うので、そんなに顔を合わせることもないが、金髪の外国人が出入りしていたら目立ってしまう。

「アシェルの国にも山奥とか怖いところはあるみたいだけど、ここはもう目の前の道から危険だらけなんだ。車やバイクっていう乗り物がガンガン走ってくるし、信号も横断歩道も守ってても突っ込んでくることもあるし、きっとアシェルとピムがちょっと大通りまで出るだけで大怪我するか、最悪命の危険もある。警官の殉職も一番多いのは事故処理中に後続車にはねられる事故死だし、俺が仕事に行ってる間は、うろうろ外を出歩かないでうちの中にいてくれ。食事は用意してくから、ガスとか包丁とか危ないものにも触らないでほしい。約束が守れないなら預かれないから」

家庭内での事故も不安だが、ひとまずひとりで外に出たら交通事故や、変な人間に声をかけられてついていってひどい目に遭わされないとも限らないし、現代の通貨も買い物の仕方もわからないだろうから知らずに万引きや窃盗で捕まってしまうかもしれないし、自分がいない間は大人しく監禁されてくれないと困る。

ピムもアシェルを見上げ、

「王子様、さきほどハムロからこの地の事情をいろいろ聞いたのですが、近年、この地に『しんがたうぃるす』というものが蔓延し、やっと収束してきたところだそうなのです。王子様は昨夜初めてお熱を出して寝込まれましたし、ご病気に免疫がないので、ハムロがいないときは、大人しくこの部屋でお待ちいただくのがよろしいかと」

と同調して説得してくれ、アシェルは「わかった」とピムに頷く。

「ハムロ殿、『ばいく』や『しんごう』や『うぃるす』などよくわからない言葉もありましたが、外が大変危険だということはわかりました。……ハムロ殿には人違いでお邪魔したうえに、結局ひと月お世話になることになってしまい、大変申し訳なく思っております。なるべくご迷惑をおかけしないようにいたしますので、どうかピム共々よろしくお願いいたします」

丁寧に頭を下げられ、いや、たぶんすごくご迷惑かけられる気がするけど、かけないようにする気でいるっていう姿勢は評価しよう、と思いながら、岳は「ん」と頷いて、アシェルとピムの頭にぽんぽんとそれぞれ掌と二本指を軽く乗せて挨拶がわりにしたのだった。

＊＊＊＊＊

「ただいま、今日もなんも問題なかったか？」

「はい、ハムロ殿。今日も大変楽しい一日を過ごしました」

帰宅すると、音を聞きつけて玄関にやってくるアシェルとピムの無事を肉眼で確認して内心ほっとする。

「ハムロ、今日は王子様とたくさん『あにめ』を見たのだ。一番最初の場面にカールハートのお城に似た絵が出てくるものが素敵だった。わくわくするお話や情感あふれる名曲に心洗われた」

自分ももろにアニメのキャラみたいなものなのに批評家気取りのピムに「そりゃよかった」と返事をしながら苦笑を噛み殺す。

あれから五日が過ぎ、アシェルとピムは当初危惧していたより手のかからない居候だと判明した。

初日は生活様式がすべて旧式らしい「カールハート王国」とは違う現代のやり方をひと通り教えなければならず、水の出し方止め方、冷蔵庫の開け方閉じ方、牛乳パックの開け方閉じ方、テレビのつけ方消し方、トイレの使い方流し方、歯磨きの仕方、シャンプーの仕方、シャワーの使い方、食べ物と食べてはいけないもの、触ったら危険なものなど、幼児向けの防犯教室のように丁寧に説明すると、思ったより飲み込みが早く、一度の説明で次からはちゃんとやれたし、やるなと言われたことは決してやらなかった。

魔法使いの養育係に育てられて不思議な現象に慣れているからか、テレビやＤＶＤも意外にあっさり受け入れた。

一応残酷シーンや暴力シーンのあるものは見せないほうがいいかと情操教育によさそうなアニメの専門チャンネルを一ヵ月申し込むと、ピムと共にリモコン操作を覚えて楽しく鑑賞している。ほかにもＮＨＫのニュースなども見て現代日本を知る教材にしているようだった。

仕事中、余計なものをいじって壊したり、家を火事にしたり、脱走したりしていないか心配なので、子供やペットの見守り用のルームカメラを買って設置し、仕事の合間に時々チェックしているが、アシェルは至って静かにスーパーやホームセンターのチラシを熟読したり、ピムとテレビを見たり、窓から外を眺めたり、岳が朝作っておいた弁当を食べたり、頼んでおいた洗濯物の取り込みをしたり、つつがなくひきこもり生活を送っている。

もしケアリー卿が知ったら、王子様になんということを、と嘆くかもしれないが、アシェルはただの居候では悪いと思っているらしく、手伝わせてほしいと言うので簡単なことはやらせている。

アシェルにとってはこちらでは当たり前のことがすべて新鮮で興味深いようで、岳のすることはなんでも子ガモのようにそばにくっついてきてじっと見ている。

魔法使いではないともう一度説明したが、トースターや電子レンジや掃除機を使ったり、スマホで音楽をかけたりすると（やっぱり）という顔をしてピムと頷き合ったりしているのがおかしくて笑ってしまう。

現代日本の日常生活に興味津々でも、躾がいいからか、岳がいない間も勝手なことはせず、見ていいと言ったもの以外、引き出しやクローゼットの中を漁ったりしないし、水を出しっぱなしにしたり、いろんなスイッチを押して空焚きするとか大音量にするとか、塩や砂糖を撒き散らすとか、台所洗剤を飲むとか、壁に落書きしてしまうとか、いたずらな親戚の子供がしでかすようなことはなにもしなかった。

困ったらルームカメラのマイクに言えば聞こえるから、と教えたが、SOSの訴えもなく、現代人ならすぐストレスを溜めそうな監禁生活に文句も言わず、岳が帰ると毎日その日覚えた現代語や見たテレビ番組の話をしてくる。

最初の期待値が極限まで低かったので、問題を起こさないだけですごく優秀な居候のような錯覚をしてしまい、ふたりのために早起きして昼と夜の分の食事を作り置きする面倒もそこまで苦にも思わずにやってやれる。

ふたりとも朝にパンを焼いてバターを塗っただけのトーストを出しても「こんな美味なものが……！」といちいち感動するので、ついジャムつきやチーズ乗せやゆで卵のマヨ和え乗せやサラダチキンのてりやき風乗せなど、どんどんバージョンアップしたものを食べさせたくなってしまう。

夜も捜査状況によっては遅くなるので、腹が減ったら夕飯分の弁当を食べるように言ってあるが、アシェルは九時くらいまでは食べないで待っている。

待たなくていいと言っても「……でも、一緒に食べたほうが美味しいですし」と遠慮がちに言ってくる。

一週間弱預かってみて大方問題のないアシェルに岳が唯一困っている点は、やっぱりどうも自分に片想いしてしまったのでは、と感じることだった。

あからさまではないものの、なんとなく好意が滲み出るような言動があり、ただ親切な相手への感謝からくるものだろう、と思おうとしているが、たぶんそれだけではない気がして内心戸惑っている。

夕飯も自分と一緒に食べたくて腹がすいても待っているのかと思うと健気さを感じてしまうが、いやきっとお城では家族や養育係と大勢でテーブルを囲んでいたかもしれないから、昼も夜もピムとふたりで食べるのは味気ない気がするだけだろう、とあえて恋心ではない受け取り方をしようと努めている。

とはいえ食べずに待っていると思うとなんとなく気になり、できる限り早く帰る努力をしてしまう。

今日もテーブルに夕飯分の弁当が手つかずで残っていたので、

「また待ってたのか。いまあったかいのに作り直すから待ってな」

と素っ気なく言って二人分の夕飯を作る。

いままで勤務後に自分ひとりのためだけには作る気力が出なかったが、風邪薬が効き過ぎたメルヘンの国の王子に出来あいのものを食べさせると、添加物が体質に合わなかったりしてまた寝込まれても困るので、頑張って作ろうという気になる。

冷えた弁当をオムライスにアレンジしようと、玉ねぎをみじん切りにし、弁当のおかずの冷凍からあげを刻み、玉ねぎから炒めはじめると、またアシェルがそばにやって来てじっと岳の手元を見ている。

そばに来るなとも言えないので、そのまま黙ってフライパンとヘラを動かしていると、

「ハムロ殿、今日てれびで『あしかがふらわーぱーく』というところにある『おおふじ』というのを見たのですが、本当に夢のように美しくて、城の庭にも欲しくなってしまいました」

とアシェルが微笑しながら話しかけてくる。

「ああ、あの大藤、俺も映像でしか見たことないけど、すごい綺麗だよな。……泉に帰るとき、大藤の画像プリントアウトしてあげるから、持って帰って、ケアリー卿にこういうの魔法で出してくれって頼んでみたら？」

「泉に帰るとき」と強調して「君はもうすぐ帰って許嫁と結婚するんだよ」という現実を思い

出させて、ほのかな片想いの鎮火に努める。

　アシェルがただの居候なら、帰る前に一度本物の大藤を見せに連れていってやってもいいのだが、ちょっと親切にしただけでうっかり『恋かも』と思ってしまうウブな王子を夢のようだと絶賛する場所へ案内するのはまずい気がする。

『これはデートというものでは……！　ハムロ殿の方から誘われてしまった……！』とか勘違いしそうだし、遠出してアシェルがウィルスをもらったりしても困るから却下だ、と思いながら、炒めた玉ねぎのフライパンに自分の分の冷やごはんとアシェルの弁当のごはんを加えていると、アシェルが楽しげにおしゃべりを続ける。

「あとハムロ殿、今日、洗濯物を取り込むとき、すこし風が強かったので、ハムロ殿が昨日着ておいでだったシャツの両袖が、僕がお借りしていたシャツの両肩に乗っていて、まるでワルツを踊るように揺れていたのです」

「……へえ」

　だからなんだ、たまたま風でそうなっただけだろ、と思いつつ、微笑を浮かべてメルヘンチックなことを言う相手にそわりと胸がくすぐられ、はっとして殊更ジャッジャッと音を立ててごはんを炒める。

　……きっとアシェルはまだ俺を「運命の相手」だと勘違いしたままなのかも。でもキスして起きなかったんだから、違うんだぞ、と言いかけ、でもそれを言うと『えっ、キスをしてくだ

さったのですか……?』なんて赤面されて、もっと意識されたら困るし、と葛藤していると、肩によじ上ってきたピムが、

「本物のハムロならワルツなんて無理だろうが、ハムロの服は上手だったぞ」

とフライパンの音に負けないヘリウムボイスでぷぷっと笑う。

「そうかよ、大概の日本人の男はワルツなんて踊れないからいいんだよ」

きっとアシェルならお城の大広間をくるくる羽根のように踊れるんだろうけどな、と言おうとして、ふと許嫁の姫と踊る姿を想像したら、なんとなくフンと鼻を鳴らしたくなる。

アシェルは口の減らないピムに窘める視線を向け、

「ピム、ハムロ殿はほかにもできることがたくさんおありなのだから、余計なことを言ってはいけないよ。こんなてきぱきお料理もできるし、『けんどうよだん』という技をお持ちだそうだし、悪事を働く者を捕える衛兵のような立派なお仕事をなさっているんだ。ワルツなど踊れなくてもハムロ殿の価値をすこしも損ないはしないよ」

と真面目に言い聞かせる。
二、三日前に本棚に置いてある学生時代の剣道の大会のメダルの由来を聞かれ、答えた返事をそのまま使ってフォローしてくれるアシェルをチラッと窺い、岳は無言でフライパンに刻んだからあげを入れ、ケチャップをかけてチキンライスを作る。
……やっぱり「ただのいい人」以上の評価を得ている気がするが、「第一印象は裸族だと

思った」と言っていたし、メルヘンの国に帰れなくなってすこし心細いときに頼れる相手が俺しかいないから、吊り橋効果で「これは恋だ」という誤変換になっているに違いない。

……もっと素っ気なくして嫌われるようにすべきだろうか。でも冷たい態度を取ると、ピムが『王子様になんという無礼な態度を！』とかうるさそうだし、別に露骨に告白してくるわけじゃないから、気付かないフリで普通に接すればいいか、どうせひと月でいなくなるんだし。

あれこれ考えながら一旦皿にチキンライスを乗せ、フライパンにひとり三個ずつ卵を使ってオムレツを焼き、一人前ずつごはんを乗せてくるっと巻き、皿の上で布巾をかけて上から手でラグビーボール型に整える。

完成形を目にしたアシェルが、

「あっ、これは……！　知ってます、あにめの中に出てきました。この上に赤いソースで絵を描くのでしょう？」

と品よくテンションを上げ、「あの、是非僕に描かせていただけませんか……？」とお伺いを立ててくる。

この様子は、まさか俺のオムライスに「♡」を描きたいんだろうか。それがラブを意味するとわかってて遠回しに告白をする気なのか、と一瞬思ったが、いや、きっと意味もわからずアニメの真似をしたいだけだろう、と思い直し、「いいよ」とケチャップを渡す。

アシェルは嬉しそうにオムライスの上でケチャップを両手で構え、「ええと、たしか、こんな形だったような……」と呟きながら、手を動かした。

　できました、と笑顔を浮かべたアシェルの作画を岳は無言で見おろす。

「……アシェル、これ食べ物に描いちゃダメなやつだから。なんのアニメ見たんだよ。夢の国製作品だけじゃなくて、クレヨンしんちゃんとか見たんじゃないのか」

　もしかしたらハート型を描かれるのでは、とひそかに心積もりをしていた分、若干落胆しながらアシェルが描いたうんこマークを菜箸で伸ばして消し、「ちょっと貸せ」とケチャップを取り上げる。

「人のオムライスにいまのマーク描くと嫌がらせになるから絶対ダメだぞ。普通はこういうのを描くんだよ」

　アシェルの分にハートを描き、ハタと、なんで俺がハートなんか描いてんだ、ただいつも通りに斜めの波状にしゅしゅっとかけるだけでよかったのに、と己を叱責する。

「そんな、決して嫌がらせのつもりでは……！」と戸惑い顔で首を振るアシェルに「わかってるよ」と苦笑して、意味はわかってないみたいだからいいか、とハートマークつきのオムライスを渡す。

　自分の分の端を一センチほど切ってピムの分を用意し、岳は「あ」と思い出して、帰りに一○○均で買ってきた人形用のおもちゃの食器セットを鞄から取り出す。

　家にある一番小さい小皿でもピムには大きかったし、コップもペットボトルのキャップだったので、もうしばらくここにいるならすこしマシなものを用意してやろうかな、と買い物のついでに買ってきた。

ミニチュアサイズのプラスチックの赤い皿にオムライスの切れ端を乗せ、ピンクのコップにお茶を淹れて、小さなナイフとフォークと一緒にピムの前に置き、

「今度からこれ使いな。ちょっとは持ちやすくなるだろ」

と言うと、ピムは「なんと……！」と感激したようにままごとの食器を眺め、岳を見上げた。

「誕生日はまだ先なのに、このような素敵な贈り物をくれるなんて、ハムロは私を憎からず想っているのか。気持ちはありがたいが、ハムロは大きすぎて私の好みではないのだが」

どうしてそうなる、という返事に「はあ⁉」と岳は呆れた声を出す。

「なに言ってんだよ、クソ生意気なリスとしか思ってねえし、勝手に俺が振られたみたいな言い方すんな。お城ではどんぐりのへたをコップにしてたって聞いたから、そのくらいのサイズのほうが使いやすいのかなって思っただけだ」

馬鹿なこと言ってないで食べようぜ、と席につき、三人で「いただきます」と唱和して食べ始める。

空腹なのと早食いの癖で数分で食べ終わり、向かいで品よく食べているアシェルとまあまあのマナーで食べているピムをお茶を飲みながら眺めていると、アシェルがちらっとピムのおもちゃの食器を見ているのに気づく。

なんとなく羨ましそうな様子に苦笑しつつ、アシェルにもなんか買ってやればよかったかな、とふと思う。

そういえば襲来当日に「七日後に二十歳になる」って言ってたから、明日が誕生日か、と思い出す。

きっとお城にいたら豪華な成人式や誕生パーティーをするはずだっただろうから、うちでもケーキくらい買ってもいいし、最初にあげたジャージよりいいものをプレゼントしてやろうかな、と居候の大家として温情を出す。

不用意に喜ばせて誤解を招きたくはないが、せっかくの二十歳の誕生日もいつものひきこもりと同じ一日では若干不憫だしな、と思いながら、

「アシェル、明日は俺休みだから、近場でよければ外に買い物に行こうか。駅ビルの上ならいろいろ売ってるし。一応感染予防にマスクしてもらうけど」

と提案すると、アシェルは軽く目を瞠り、嬉しそうに微笑んだ。

「本当ですか？　とても嬉しいです。窓から見える街を歩いてみたかったので」

その優美で素直な笑顔にまた胸がそわりとしたが、

「……じゃあ、連れてくけど、外に出たら絶対俺のそばから離れちゃダメだぞ。なんか面白そうなものが目に入って飛び出して車に轢かれたら困るし、デパートで迷子になっても困る。ピムもこっちの世界ではしゃべるリスはいないから、外では口きいちゃだめだし、ちょろちょろ

ひとりで歩くと犬に噛まれたりするかもしれないし、空からもカラスとかに連れ去られないとも限らないから、ちゃんとポケットとかに隠れて顔出すだけにしとけよ」

きびきび注意点を告げると、ふたりは神妙な顔で頷く。

でも外出するための服がなかったな、靴もブーツだし、とアシェルのジャージに目をやる。

それを先に買ったほうがいいな、とネット通販でスニーカーとジーンズとシャツを買うことにして、

「アシェル、足のサイズっていくつ？　ってわかんないか。ちょっと測らせて」

とメジャーで足の大きさや肩幅やウエストや股下を測り、「足なげえな」と呟きながらメモする。

色や形を本人に選んでもらおうかとも思ったが、一度見ただけでネットショッピングのやり方を覚えて勝手にいろいろポチられたりしたら困るので、岳が適当に選んで注文した。

翌日、宅配で届いた服や靴を「出かけるときにこれに着替えて」と渡すと、アシェルは「えっ」と驚いて「……もしかして、こちらは誕生日の贈り物でしょうか……？」とおずおず訊ねてきた。

「あ、いや、これは違う。誕生日プレゼントはこれから選んでもらうつもりで、これはそのために外に着て行く服」

アシェルは手にした服を見おろし、

「……ほかにはいただかなくても結構です。こちらだけで充分ありがたいので。昨日はなぜ採寸してくださったのかよくわからなかったのですが、このためだったのですね。ありがとうございます、ハムロ殿。とても嬉しいです」

と大事そうに胸に抱えて微笑む。

もっと軽く受け止めてくれないと困るんだが、と思いつつ、相手の素直な態度に可愛げを感じてしまう。

「いや、でもそれは俺が適当に選んじゃったやつだし、店に行って、アシェルがほんとに気に入ったものを選んでいいよ。まあ、とんでもない値段のものを選んだら、却下するけど」

「いえ、本当にこちらだけで。でも早く外にも行ってみたいので、早速着替えさせていただきますね」

そう言ってアシェルはベッドのそばでジャージを脱ぎだす。

お付きの者の前で着替えるのに慣れているからか、1DKでほかに場所がないからか、シャイな割にはいちいち隠れたりせず、潔くジャージの上下を脱ぎ、シャツに腕を通す姿をチラッと窺う。

俯いてボタンを一生懸命留めているアシェルの生足の白さについ目が行きそうになる。

いや、違う、ボタンをずらして留めてないか確認するために見てるだけだし、と急いで視線を上に向ける。

ゆっくり全部留めたあと、ジーンズに両足を入れ、次にどうすべきか迷っている様子に、しょうがないな、と思いながら近づいて、「ほら、こうやるんだよ」とチャックを上げてボタンを留める。

靴下を履かせ、「ちょっと息するの苦しいかもしれないけど、これつけて」とマスクをつけさせ、スニーカーを履くのを手伝い、一応寮の周辺だけキャップを被せて金髪を隠すことにする。

ピムはもし街中で興奮して失禁するといけないので、ミニトートの中にティッシュをしいて中に入れ、顔だけ出させてアシェルに持たせることにした。

歩いて十五分のところにある駅ビルに行くまで、信号の色の意味や横断歩道の渡り方、車道と歩道の違いなど安全についての説明をしたり、アシェルとピムが不思議がって質問してくる現代なら当たり前の光景をひとつひとつ答えていたら、十五分の道のりに小一時間もかかってしまう。

駅ビルについても、まず二階の食料品のフロアで二時間以上費やして棚を隈なく解説させられた。

上の専門店街に行こうと誘っても「でももうすこしこちらを拝見したいのですが……。だって『ちらし』と同じものや、載ってないものもたくさんあってとても面白いので」と言われてしまい、こんなとこが好きなら、歩いて三分のスーパーかコンビニでよかったかも、と思いつつ、興味津々で棚を見つめるアシェルにつきあう。

アシェルの気が済むまで回ったあと、最上階のレストラン街でバースデー用のコースでも食べさせてやろうかと思ったが、ピムをテーブルに乗せていると店の人に注意されるかもしれないので、外で食べることにして裏手にある公園まで足を運ぶ。

木陰のベンチに座り、パン好きのアシェルにちょっと値の張るローストビーフサンドと断面が華やかなゴージャスフルーツサンドを渡し、ピムにもお裾分けしながら食べ始める。

「今日は二十歳のお祝いにもっといいものあげるつもりだったのに、スーパー探訪で終わっちゃったな。まあ、帰るまでにまた来ればいいか」

広い芝生で親子連れがフリスビーで遊んでいる光景を見ながら言うと、

「とんでもないです。もう充分いただきました。この服だけでなく、今日、こうしてとても楽しい一日を過ごせたことが二十歳の一番の贈り物です」

とアシェルがフルーツサンドを両手で持ち、噛みしめるように言った。

「……」

そんな風に、控えめに好意を匂わせつつ、諦めなきゃいけないのはわかってるみたいな態度を見せられたら、なんとなく胸が痛むだろ。

泉のミスで出会っただけで、きっと本物の相手は別にいるし、何事もなく無事帰ってほしいし、諦めてくれればありがたいはずなのに、どうももやもやする。

片想いされても応えられないんだから、世話だけして深入りしないのが正解だとわかっているのに、なぜかすっきりしない気持ちで食べ終わると、ピムが公園の外周に生えた欅の木立ちを見てうずうずした口調で言った。

「王子様、久しぶりに木登りがしたいのですが、すこし行ってきてもいいですか？」

緑豊かなメルヘンの国からやってきて八畳の1DKに閉じこめられてたんだから、ちょっとくらい駆けまわりたいだろうな、と気持ちもわかる。アシェルに目顔でお伺いを立てられ、

「いいよ、気を付けて行ってこい」と岳が返事をする。

ピュッと駆けていくピムの後ろ姿を眺めながらふたりで座っていると、なんとなくぎこちない沈黙が流れる。

芝生でフリスビーからバドミントンに遊びを変えた父子とそばで敷物に座って審判をしている母親を見るともなしに見ていると、隣からアシェルが言った。

「ハムロ殿は、どうして『けいさつかん』になられたのですか？」

そういう色恋とは関係ない話なら全然いいよ、と内心ホッとする。

「俺のじいさんが警察官だったから、子供の頃から俺も『おまわりさんになる！』って言ってたらしいんだけど、ほんとのきっかけは、中学の時に、隣に住んでた一人暮らしのおばあさんが振り込め詐欺っていう悪党の被害にあって、大金を取られちゃって、息子さんにもすごく怒られて、自殺じゃなかったんだけど、騙されたことをすごく気に病んですぐに亡くなっちゃっ

たんだ。うち親が共働きで、小さい頃はお隣のそのおばあさんにお世話になったりしてたから、すごいショックで、犯人たちが許せなくて、こういう目に遭う人を一人でも減らしたいって思ったんだ。実際にはなかなか減らないんだけど」

振り込め詐欺とか言ってもわからないかな、と思いながら言うと、アシェルは神妙な顔で頷いた。

「……てれびでにゅうすを見ていると、あにめには出てこない恐ろしい事件が毎日起きているのだとわかります。カールハートの衛兵よりもずっと大変なお仕事をなさっているハムロ殿を、やはり尊敬せずにはいられません」

「……いや、そんなことないよ。衛兵には衛兵の苦労もあるだろうし。王子様だって大変なんだしさ」

また好意のベクトルがこっちに……、とどうやって話題を逸らそうかと思ったとき、芝生の親子の父親がつい本気を出したバドミントンのシャトルが二メートルくらい先に飛んできた。

取りに駆けてくる子供にサッと立ち上がって拾って渡し、子供からも親からも礼を言われてベンチに戻ると、アシェルがぽそりと言った。

「……あの、もし不躾なことをお伺いしてもよろしければ、ハムロ殿には、あちらのご家族のようなご家庭を築くご予定の恋人や許嫁の方はいらっしゃるんでしょうか……？」

すこし緊張したような声で問われ、岳はまたドキリとする。

「……いや、いないけど」

いると言ったほうがよかったのかな、と思いつつ答えると、

「……そうなのですか。どうしてでしょう。ハムロ殿は見目麗しく、逞しく、なんでもできて、お優しいし、立派なお仕事で引く手あまたなのでは」

完全に贔屓目の誉め言葉に苦笑する。

「ありがとう、そんな過分な評価。でもほんとに警察官って出会いがないし、つきあってもシフトが不規則だったり、約束した日に事件でドタキャンすることとかあるから、続かないんだ。……俺よりアシェルのほうがめちゃくちゃ綺麗な顔で本物の王子様だし、真面目でいい子だし、よっぽどモテそうなのに、二十歳まで初恋もまだなんて不思議なくらいだよ。政治的な理由で隣国の姫が選ばれたのかもしれないけど、王国にも年頃の娘さんはいっぱいいるんじゃないの？」

じゃなきゃ、やっぱりケアリー卿に邪魔されてるのかと訊こうとすると、アシェルは首を振った。

「……たしかに王国の名家のご令嬢たちともお会いする機会はありましたが、『王子』という身分に群がってくるだけで、誰も僕自身を見ようとはしてくれなかったように感じてしまいました。……ですから、僕が王子でなくても僕を好きだと言ってくださる方がどこかにいたらいいのに、と思ってしまって」

じっと見つめられ、岳はこくっと小さく息を嚥下して、目を逸らす。

……だめだよ、そんな風に見ないでくれ。俺に片想いされても応えられないし、キスしても起きなかったんだから、本当の運命の相手じゃないし。

こんな風に出会ってしまったから、多少は情も湧いてるし、アシェルには幸せになってほしい。

本当の運命の相手に出会ってほしいし、許嫁の姫とこのまま我慢して結婚をするよりは、もっと自分の幸せも優先してほしいと思い、岳は言った。

「あのさ、すごく余計なこと言ってる自覚はあるんだけど、もしアシェルが王国に戻って、また泉に飛び込んで、今度こそ本当の運命の人に出会えたら、その人を国に連れてって結婚相手にするか、それが叶わないなら、もう国に戻らずにその人と暮らしてもいいいんじゃないかな。戻れば誰にも気づかれず、誰も傷つかないって言ってたけど、アシェルとその相手は別れたら傷つくだろうし。アシェルには義弟がいるそうだし、もし第二王子が王位を継いでもいいなら、無理に許嫁と結婚しなくてもいいいんじゃないかな」

いままで次期国王になるために教育されてきたのだろうし、部外者が口出しすべきではないとは思ったが、王位に執着がないのなら、もし本当に好きな人と出会えて、相手からも想われたら、もう義務は抛りだして自由に生きてもいいのでは、とついけしかけたくなる。

アシェルが本当の相手を見つけたら、ほんのちょっと片想いした俺のことなんて、きっとすぐ忘れるだろうし、と思いつつ、本当に忘れられたいのか、とふと引っかかる。

アシェルは岳の無責任な提案に淡く微笑した。

「そうですね。その方法もいいかもしれません。オーランドはまだ二歳なので、王位を継ぐ意思があるかわかりませんが、義母は喜ぶかと。僕にもお優しい方で、オーランドが生まれたあとも疎んじられたことはないのですが、やはり自分の産んだ子が王位に就けば嬉しいでしょうし。……でも、国を捨てても構わないほど好きになった相手が、同じように好きになってくださるとは限りませんし、もう帰ったら泉に飛び込む気はないので、やはりリリティア姫と結婚することになるかと」

「……そっか」

可哀想だがアシェルが我慢すればすべてが丸くおさまるんだろうし、「それで本当にいいのか」なんて自分には言う権利もない。

なのに、もやもやと燻る気持ちが追い払えなかった。

そのときピムが駆け戻ってきて、

「あの左から三番目の木にすごく可愛い雀がいたんです！　名前は『ぴよちゃん』で、『ピムとぴよ、悪くない組み合わせですね』と言ったらすごく笑ってくれて、是非お近づきになりたいとお願いしたら、ハムロの住む『三国レジデンス』は知ってるから、気が向いたら飛んできてくれると約束してくれました！」

とヘリウムボイスでシリアスになっていた空気をひっくり返す。

「ほんとかよ、何語でしゃべってんだよ、雀と」

メルヘン界の法則が読めずに呆れてつっこみながら、もしもうすこしピムが戻るのが遅かったら、なにか余計な言葉をアシェルに掛けてしまったような気がして、岳はそんな自分に戸惑いを隠せなかった。

＊＊＊＊＊

あれから岳(がく)はアシェルの好意がほの見える言葉や眼差しを見ても表面上スルーして、ただの居候(いそうろう)という接し方を貫(つらぬ)いている。

アシェルもそれ以上対処に困るようなことはせず、岳の仕事のある日はおとなしくひきこもり生活をし、休日は近所のスーパーに連れていくだけで有名観光地にでも行ったように喜んだ。

夜、仕事を終えて寮まで戻ってきて、ふと三階の端を見上げて灯(あか)りがついているのを見ると

ホッと和(なご)んだし、部屋に戻ってきて、

「ハムロ殿、おかえりなさい。今日はてれびで『男子ちあ』というのを見たんです。城に時々やってくる旅の曲芸師(きょくげいし)の一座よりすごいんですよ！」

などと笑顔でたわいもない話を聞かされると、一日中人の悪意に晒(さら)された心が癒(いや)された。

テレビで報道されるのは楽しいニュースばかりではないので、事件のニュースを目にすると、アシェルは事件の大小にかかわらず胸を痛めて被害者に寄り添う言葉を口にした。

それを聞くと、自分が日々取り囲まれている環境に慣れすぎて、つい事件の規模や被害総額や被害者の数で重大性を計ってしまいがちだが、被害者が一人でも被害の程度が小さくても当事者にとっては重大事件で、たいしたことない事件なんてひとつもないという初心を思い出せたし、どす黒い心の闇を持たずに育ったアシェルの純真さが、現代日本育ちの自分には貴重なものに思えた。

心も清らかだが、寝顔もいつ見ても美しく、朝弁当を作るために早起きすると、予備の布団でピムと寝ているアシェルの寝顔に毎回ひそかに見惚(みと)れてしまう。

つい唇に目が行って甘美(かんび)なキスの感触を思い出してしまうが、根性で目を逸(そ)らして無心に弁当作りに取り掛かる。

服や下着もあとすこしで帰るんだから自分のを貸すだけでいいと思っていたが、なんとなく本人用にサイズの合うものをいくつかポチってしまった。

……だって俺に告白さえしてこなければ、礼儀正しいいい子だし、メルヘン界からのインバウンドをもてなすくらいの金銭的余裕もあるし、と自分に言い訳しながら、表面上素っ気ない顔をしつつ手厚く面倒をみてやり、明日が満月という日を迎えた。

……アシェルはまだ俺に片想いしてるっぽいけど、このままの関係で帰る気みたいだし、俺もこれ以上はなにもしてやれないんだから、明日は御馳走でもして、いい入浴剤でも入れた風呂から送り出そうと思いながら仕事から帰ってきて上を見上げると、なぜかその日に限って部屋の電気がついていなかった。

まさかまた具合が悪くて倒れているのかもと急いで部屋に駆けつけると、ベッドにもどこにもアシェルとピムの姿がなかった。

今日は午後から住宅リフォーム会社に爆破予告メールをした威力業務妨害の男のガサ入れで現場に出ていたので、出先でルームカメラのチェックはしなかった。

急いで午後の映像記録を確かめると、四時頃ジャージから外出用の服に着替えてピムを連れてドアから出て行くアシェルの姿が映っており、「……あのバカ、なにやってんだ……！」と焦ってすぐに飛び出す。

いままで自分と一緒でなければ一度もひとりで外に出たりしなかったので、油断していた。

携帯も持たせていないので、ＧＰＳで探すこともできず、手当たり次第に行ったことのあるコンビニやスーパー、駅ビルや裏の公園まで必死に探す。

もしかして、明日帰るのが嫌で家出したんだろうか……。お金も渡してないから電車やタクシーには乗れないはずだが、誰かの車に乗った可能性はあるかも。変態に拉致られて強姦致傷で山中に遺棄されてたらどうしよう、その前に車に撥ねられて救急搬送されてたら……、と最悪の想像をして顔面蒼白になりながら、スマホで署の事故情報を確かめ、当直の同僚にアシェルが保護されていないか問い合わせ、金髪の美形外国人を見かけたと誰かが投稿したりしてないかもチェックして、もしかして入れ違いで帰ってるかも、と猛ダッシュで家に向かうと、前方にのんきに紙袋を手に歩く金髪の後ろ姿が見えた。

「アシェル！」

なにやってたんだよ、どこ行ってたんだ、勝手に出歩くなってあれほど言ったのに、どんだけ心配したと思ってる、と激怒して叱りたいのに、「ハムロ殿」と振り向いたアシェルの笑顔を見たら胸が締め付けられ、思わず駆け寄ってぎゅっときつく抱きしめていた。

「……ハ、ハムロ殿……？」

無事でよかった、安心したという言葉が安堵のあまり口から出てこなかった。

息が苦しいかもと思っても腕の力を緩められず、滑らかな金の髪に頬を擦りつけて掻き抱く。もっと気が済むまで華奢な身体を抱きしめて安堵したかったが、はっと寮の真ん前だったことを思い出す。

カッと赤面しながら「来い」とアシェルの腕を掴んで部屋に連れ戻り、ラグに座らせて説教態勢で向かい合う。

きょとんとしているアシェルに安堵の反動で改めて怒りが込み上げ、岳は怒鳴らないように努力しながら言った。

「……アシェル、どういうことか説明してもらおうか。どうして勝手に出かけたりした。死んでたらどうしようって、死ぬほど心配したじゃねえか！」

最後はどうしても声が大きくなり、アシェルはビクリと身じろぐ。

「……申し訳ありません……。ハムロ殿がお帰りになる前に戻るつもりだったのですが、買い物に思ったより時間がかかってしまって」

アシェルの声は恐縮しつつも、やや達成感も滲んでいた。

「……買い物って、なにを？」

金も持ってないのに、どうやって、と怪訝に思いながらアシェルが持ち帰った紙袋に目をやると、

「明日帰るので、お世話になった御礼にハムロ殿に贈り物をしたかったのです。てれびで男の方がもらって嬉しいのは腕時計や『ゆーえすびー』などというものだと見たのですが、ハムロ殿はどういうものがお好みかわからなかったので、ぐるぐる探して時間がかかってしまいました。結局花が綺麗かなと思いまして、花束より長持ちするそうなので、『あれんじめんと』というものにしました」

お気に召すといいのですが、とにこやかに紙袋から白い花々が活けられた花籠を差し出される。

花に詳しくないのでバラとかすみ草しか名前がわからなかったが、ほかにも大輪の白い花が形よく籠におさまっており、岳は眉を寄せる。

「……これ、どうしたんだ？　まさか盗ってきたりしてないよな……？」

ちゃんとリボンもついてフローリストの袋に入っていたから、買うフリをして他の人の接客をしている隙にでも持ってきちゃったのかも、と疑って問うと、アシェルは目を瞠って首を振った。

「違います、ちゃんとお金を払って買いました」

「……じゃあ、知らない間に俺の財布から抜いたのか？」

店から盗むよりはマシだが、それだって盗みと変わらないし、ひと言「貸して」と断りを入れてくれればよかったのに、と思いつつ確かめると、アシェルは唇を噛み、じわりと瞳を潤ませた。

「お店からも、ハムロ殿のお金にも手をつけたりはしておりません。一度泉に帰ったときに、ハムロ殿が金貨の袋を『次の旅で必要になるかも』とおっしゃったので、それだけポケットに入れて戻ったのです。てれびで金貨や古銭を買い取りしてくれるお店があると知り、一枚カールハート金貨を換金してもらって、そのお金で花を買いました。ハムロ殿への御礼の気持ちなのに、盗品をお渡ししたりするはずがありません」

ツッとアシェルの右目から涙が伝うのを見て、岳はすぐに後悔する。

いくらアシェルが現代のことに疎くても、人として間違ったことはしないとわかっていたはずなのに、最初から「盗んだのか」と決めつけて、傷つけてしまった。

左目からも涙が溢れて零れ落ちる前に、岳はがばりと土下座した。

「ごめん、アシェル。金貨を持ってたって知らなかったから、話も聞かずに責めちゃって、俺が全面的に悪い。ちょっと落ち着けばアシェルはそんなことしないってすぐわかったのに、最後の最後に最悪な疑いかけて嫌な気持ちにさせて、ほんとに悪かった」

仮にも王子を盗人呼ばわりしてしまい、いくらアシェルでも許してくれないかも、と思いつつそろりと顔を上げると、涙を拭きながらアシェルは言った。

「……ハムロ殿は『けいさつかん』ですし、そうお疑いになっても致し方ないかもしれません。僕は本当にこちらではなにもわからず、ハムロ殿に教えていただかないとなにもできない『いそうろう』でしたから……」

ややいじけた口調に、そんなことない、頑張っていろいろ手伝おうとしてくれたし、なにもしなくてもただ居てくれるだけでほんとは癒されてた、と言いかけて、そんな告白めいた言葉を自分が言うのも憚られ、口を噤む。

アシェルは気を取り直すように岳に濡れた瞳で微笑みかけ、

「ハムロ殿が仕方なく僕を『いそうろう』させてくださったのは重々承知なのですが、僕自身は一日一日が宝物のようで、毎日本当に楽しくて幸せだったので、よくしてくださったハムロ殿に是非感謝の気持ちをお伝えしたかったのです。お店の方に白いダリアは『感謝』を、白いバラは『尊敬』を意味すると伺い、ハムロ殿に僕がお伝えしたい気持ちにぴったりだと思い、それを活けてもらいました」

お受け取りいただけますか？　と王子らしい気品ある口調でもう一度差し出され、岳は「……うん、ありがたく」と相手にこそ似合う美しい花籠を受け取る。

感謝されるほどのことは……すごくしたけど、どんな小さなことでもものすごく喜んでくれるから、その顔が見たい気がしてやりたくてやってたし、別に感謝なんていらないと言いたかったし、相手の真心のこもった花籠を最初から気持ちよく受け取ってやればよかった、と悔やみながら、

「すごく綺麗だね。ほんとにありがとう。花なんて自分じゃ買わないし、俺の部屋には素敵すぎて浮くけど、なるべく長持ちさせるように頑張るよ」

そう口にした途端、明日以降のアシェルのいなくなった部屋に相手のように清らかで美しい花籠だけが残る光景が思い浮かび、心にひんやりした風が通り抜ける。

岳の言葉にアシェルはほっと微笑して頷き、笑みをおさめて目を伏せた。

「……本当は、花よりももっとお渡ししたいものがあったのですが、それはご迷惑になるので、

持ち帰るつもりです」

そっと胸元に触れながら諦念の滲む声で言われた言葉に、岳は（あ……）と察して唇を噛む。

代々王子が心から愛する相手に贈る王冠のペンダントを本当は渡したかったと匂わされ、胸がじくりと疼く。

最初こそ「あなたに会いにきた」と直球で告げられたが、その後はずっとあからさまには告げてこなかったし、いまも鈍感なふりをすればスルーできる言葉だった。

でも、本当は『感謝』や『尊敬』のほかにも伝えたい気持ちがあったのだと婉曲に告白され、さっきよりももっときつく抱きしめたくなってしまう。

ずっと一方的に片想いされているだけだと思っていたのに、いつのまにかほだされて、自分までアシェルを好きになっていたといまになって気づいた。

明日帰ったら二度と会えないという日に自覚するなんて間が悪すぎるが、さっき、いなくなったアシェルを探して気が変になりそうなほど心配したのも、見つかって心底安堵したのも、ただの居候よりもずっと大切な相手になっていたからだといまならわかる。

相手は男で、しかもメルヘンの国の王子に恋するなんて自分でも正気を疑うが、目の前の相手を愛おしいと思う気持ちはもう誤魔化しきれなかった。

でも、アシェルが遠回しな告白しかしないのは、王子としての義務を果たすことを選んだからで、俺が告白したらその覚悟を乱すことになるかもしれない。

俺がキスしても目覚めなかったし、いまは許嫁の姫を知らないから結婚を躊躇っているが、もしかしたら姫が本当の運命の相手だったというメルヘン展開が待っているかもしれないのに、国に帰ることを邪魔してここに引き止める権利が俺にあるのか悩ましいし、自分がメルヘンの国についていく肚も決まっていない。

時の流れ方が違う場所に住む相手と簡単に遠距離恋愛することも叶わないし、せっかく心の整理をつけて帰ろうとしているのに下手に打ち明けて惑わせるより、ただの片想い相手で終わったほうが相手のためなのかも、と苦渋の思いで大人の選択をする。

直接「好きだ」と言わない奥ゆかしい伝え方を真似て、せめてもの思いで岳は言った。

「アシェル、この花の御礼に、誕生日プレゼントの埋め合わせをさせてくれよ。誕生日の当日にいいもん買ってやるって言ったのに、あれから一緒にスーパーしか出かけてないし、約束果たせてないからさ。……あ、物じゃなくて、明日『足利フラワーパーク』の大藤を見に行こうか。まだ見頃終わってないはずだし、夜満月が出るまでに戻ってくれば間に合うから」

物でも思い出でも、なんでもいいからアシェルの初恋の記念になるようなものをあげたかった。

ちょっと前まで自分のことは跡形もなく忘れてほしいと思っていたはずなのに、アシェルが城に戻って誰と結ばれても、たまには「あのときほのかに好きだった人がいたな」と自分を思い出してほしかった。

「……そんな、埋め合わせなんてとんでもないです。もう充分すぎるほどいただきましたし」

遠慮して首を振るアシェルに「いいから、なんでも言って。あげたいんだよ、俺が」と重ねて促す。

アシェルはしばし考えるような間をあけ、

「……本当に、なんでもよろしいのですか……？」

とじっと岳を見つめながらひそやかに問うた。

うん、いいよ、警察官て激務だから割と給料いいんだよ、とたとえロレックスをリクエストされても叶えてやると思いながら笑みかけると、アシェルは一度目を伏せ、こくっと唾を飲んでから目をあげた。

「……では、最後ですから、恥を忍んで、二十歳の贈り物に一番欲しいものをねだらせてください……。リリティア姫との婚礼を迎える前に……、初めての閨事は好きな方と交わせたらと思っていて……是非ハムロ殿に、お相手いただけないかと……」

「……」

消え入りそうな語尾と膝の上で震える手と羞恥に赤らむ頬に、驚きと愛おしさで胸が掻き毟られそうだった。

まさかそんなリクエストをされるとは思っていなかったが、初めて『好きな方』とはっきり口にされ、純粋培養のメルヘンの王子がどんなに勇気を振り絞ったかと思ったら、もう黙っていることなんてできなかった。

岳は俯いて身を硬くしているアシェルをぎゅっと抱きすくめて想いを告げる。

「……ごめん、言いにくかっただろ……？　先に言わせて悪かったけど、俺もアシェルが好きだよ。このまま別れたくないんだ。言っていいかまだ迷うけど、明日も、その次の満月も、ずっと帰らないで、俺のそばにいてくれないか……？」

初めて出会った瞬間は、アシェルにこんな想いを抱くことになるなんて夢にも思わなかった。

メルヘンやおとぎ話なんて、科学で証明可能なことしか信じない現実主義者の自分には一番対極にある世界なのに、そんな国から来た危なっかしくてほっとけなくて可愛くてならない王子様を好きになってしまった。

もうこうなったら、どんなに住む世界が違おうが、万難排(ばんなんはい)してアシェルと生きる道を選ぼうと岳は覚悟を決める。

手始めに明日は絶対風呂に湯を張らずにアシェルを守らなきゃ、と誓いながらひしっと掻き抱く。

「……ハ、ハムロ殿……、本当に、ハムロ殿も、僕を……？」

信じられないような声で途切れ途切れに問われ、もっと強く抱きしめながら頷く。

「うん。さっきアシェルがいなくなるまではっきり自覚してなかったけど……、それにずっと素っ気(そけ)なくしてたから、疑わしいかもしれないけど、いま思うと結構はじめの頃から、……誕生日のあたりにはもう、なんとなく好きになりそうでやばいって思ってた気がする」

もっと正確に言えば、ずぶ濡れの風呂場での初対面も、裸を見たときも、いつもの自分らしくないほど鼓動がおかしかったから、本当はそのときから惹かれはじめていたのかもしれないが、顔や身体に惑わされたのかと誤解を招くといけないので、そこは伏せておく。

アシェルは岳の背中におずおず手を回して肩口に顔を埋め、魂まで吐き出すような吐息を零してから、くぐもる声で言った。

「……僕のほうは、最初から『やばい』と思っておりました。でもハムロ殿が男同士では『運命の相手』のわけがないから帰れとおっしゃって、同じようにときめいてはくださらないとわかったので、大人しく帰ろうと思ったのですが、どうしてもまたお会いしたくて、二度目に飛び込むときは『ハムロ殿の元に行きたい』と願って戻りました」

そうだったのか。最初は偶然でも、二度目はわざわざ名指しで願ってくれたのか、と嬉しくて愛おしさが増す。

可愛い王子の後頭部を包んだ掌で柔らかな髪をかいぐりしながら、

「……ありがとな、いっぱい頑張ってくれて。ただ、言ってなかったけど、俺、熱出して寝込んだアシェルを起こそうとしてキスしても目を覚まさなかったんだ。だからは本当に『運命の相手』じゃないんだけど、それでもいいか？」

もしどこかに天上の人が決めたアシェルの本物の相手がいるとして、いつか目の前に現れても奪われないように戦う覚悟でいるが、一応先に申告しておこうと打ち明けると、「え？」とアシェルが顔をあげる。

「……『げんだいにほん』では寝込んだ相手に口づけると目を覚ますという風習があるのですか……？」

軽く小首を傾げられ、「えっ」と岳は驚いて、

「いや、こっちにはないけど、カールハートではそうなのかなって。ピムがそう言ってたから」

煙に巻かれながら言うと、アシェルはやんわり首を振った。

「それはピムの思い違いかと。あの子は物知りそうで若干当てにならないところもありますので。とにかく本人の同意を得ずに不埒な真似をする者が『運命の相手』を名乗る資格はありません」

「……たしかにそうだね」

なんだよ、ピムのやつ、あんなに自信持って言ったくせに適当だったのかよ、と内心舌打ちしつつ、メルヘンの国でも性的同意は大事だとわかり、

「ごめん、俺もほんとは意思確認して許可取ってからすべきだと思ったんだけど、あのときは切羽詰まってて」

とただの不埒ではないと弁解するとアシェルはくすりと微笑んだ。

「大丈夫です。お相手がハムロ殿なら、僕はいつでも同意なので、眠っていてお返事できなく

ても問題ありません」

また可愛くてならないことを言われて内心悶えていると、アシェルが「でも」と岳を見つめて囁いた。

「せっかくのハムロ殿との初めての口づけを覚えていないなんて残念なので、いま、もう一度、やり直していただけませんか……?」

まさにこちらから同意を得ようとしたことを先に言われ、矢も楯もたまらない気持ちで岳はアシェルに二度目のファーストキスをした。

＊＊＊

「……ん……んっ……ふ……ン……」

寝ているアシェルにただ触れ合わせただけでえもいわれぬ感触だった唇は、起きて意思を持って応えてくれるとさらに天にものぼるような心地にさせてくれた。

ファーストキスのやり直しなら爽やかなキスにすべきかもと思ったが、甘やかな唇と舌でおずおず応えられたら、相手はウブな王子様なんだといくらセーブしようとしても、歯止めが効かずに徐々に濃さを増してしまう。

「……ンッ、ん、……は……んぅ……」

意識のない相手には遠慮して入れられなかった舌を思う存分差し入れて可愛い舌を舐め、唾液を啜り、上下の唇を甘噛みし、相手の喉声にも興奮しながら唇を貪る。

肩に乗せられた相手の両手がすこし必死な感じで摑んでいるのに気づき、岳はハッとして唇を離す。

「……アシェル、ごめん、ほぼ初めてなのに、がっついて……嫌だった……？」

軽く息を上げながら確かめると、アシェルははぁはぁ肩を喘がせながら首を振る。

「……いいえ……、食べられるのではないかとすこし思いましたが、ハムロ殿の舌が、僕の口の中を味わうように動くと、とても身体が熱くなって……、ハムロ殿になら、食べられてもいいという気持ちになりました……」

面映ゆそうに顔を赤らめつつも素直に告げられ、相手の駆け引き抜きの無自覚の誘惑にまんまと引っかかる。

ほんとに食べるからな、と赤ずきんの狼気分でラグの上からベッドに横たえ、ボタンに手をかけようとして、ふとさっきからヘリウムボイスが聞こえないことに今更気づく。

「そういや、あいつどこ行った？」

以前そそのかされたキスを間近で見られていたたまれなかったことを思い出して周囲を窺う

と、

「ピムなら、雀のお友達のところです。明日ここを去ると思っていたので、別れを惜しみたいと言うものですから、よく気を付けるようにと注意して、公園に行かせてしまいました」

とアシェルが怒られないかと案じるように上目で見上げてくる。

「全然いいよ、あいつならほっといても無事帰ってくるだろうし」

アシェルがいなくなったときとは雲泥の差の心配具合であっさり言い、たまには気が利くお邪魔虫が帰ってこないうちに誘惑に乗らないと、と気が逸る。

「……ええと、アシェルって、『閨事』のやり方、教わったりしてる……？」

もうすぐ結婚するはずだったんだから、メルヘン界育ちでもまるで知らないわけではないだろうが、ぎりぎりまで伏せられていたりしたらまずいので探りを入れると、

「……はい、一応は……」

と赤い顔で小さく頷かれる。

「じゃあ男同士のほうは、なんとなくわかる……？」

自分も同性とは経験がないが、一般常識としての知識はあるし、仕事で押収した違法ゲイポルノを調書を書くために見たこともある。もちろんそのまま実践する気は毛頭ないし、絶対怖がらせたり不快な思いはさせずに完遂したい。

アシェルはさらに顔を赤くして、

「……詳しいことはよくわかりませんが、ハムロ殿ともっと親密になれるなら、なんでもしたいですし、していただきたいです……」

とキスで色味を濃くした唇で囁かれ、血が沸騰するかと思うほど興奮する。

本能のままがっつきたい気持ちと、純情なメルヘンの王子なんだという理性がせめぎ合い、岳はなんとかバランスを取りながら言った。

「……俺もアシェルともっと仲良くなりたいよ。俺がすることは全部アシェルが大好きだからすることなんだけど、嫌だと思ったら我慢しないで言って？　同意がないことはしないし、アシェルにも楽しくて気持ちいいことだって思ってほしいんだ。痛いとか怖いとか、隠さず言ってほしいし、逆にもっとしてほしいとか気持ちいいとかも隠さないで教えてくれる？」

瞳を覗き込むと、自分しか映っていない空色の目に照れた色を浮かべてこくんと頷かれる。

初物好きという属性はないはずだったが、ただのまっさらを超えた究極に擦れてない相手に一から秘め事を教えるのはこんなに心躍るものなのかと思いつつ、チュッと口づけてから、深く結びあわせる。

キスしながら、焦って強引にならないように心しつつ服を脱がせ、自分も脱いでお互いに隠すもののない姿になる。

初めて見たときと同じ、王冠のペンダント以外一糸纏わぬ美裸身に感嘆しながら、

「……なんでこんなに綺麗なんだろう……、メルヘンの国の生まれだからかな……」

とうっとりと呟いて覆いかぶさる。

行ったことがないので半魚人とかそれなりの人もいるかもしれないが、まばゆい真珠色の肌は同じ人間のものとは思えない。

「風呂場で初めて見たとき、それどころじゃないのに、実は見惚れちゃった」

掌に吸いつくような滑らかな肌に触れながら白状すると、アシェルも赤くなってそっと両手の指先を岳の胸に這わせる。

「……実は僕も、はじめて半裸のハムロ殿にお目にかかったとき、『誰だ！』と怒られているのに、お顔も体つきもなんて素敵な殿方なんだろうと見惚れてしまいました」

あのときのインパクトや二度目の衝撃を思い出して苦笑しつつ、

「ほんとに？　裸族だと思ったって言ってたのに。……てことは、アシェルは俺の身体目当てで戻ってきたの？」

と自分も相手の顔と身体に釘付けだったことを棚に上げてからかう。

アシェルは胸元で遊ばせていた指をはっと離して、

「違います、最初にお会いしたとき、ずっとあからさまに胡散臭そうにはされましたが、素っ気ない口振りでも本当はお優しい方だと感じられて、お人柄にも心惹かれました。たしかにひとめ惚れだったとは思いますが、決して身体だけが目当てでは……！」

と懸命に弁解され、可愛くてたまらずに顔中にキスを浴びせる。

「俺もアシェルの顔も身体も中身も全部好きだよ」

素直な相手に感化されて本音を隠さずに告げると、かぁっと赤面され、急に照れくささが込み上げる。

自分も赤くなっているはずの顔を見られないように身を下げて花びらのような乳首に唇を落とす。

「……ぁっ……」

控えめな喘ぎに興奮しながら、敏感に尖る可愛い乳首に吸いついて、舌で転がすように舐めまわす。

相手の唇も触れるとときめく感触だったが、乳首もたまらない感触で、口に入れているだけで夢心地になる。

ペンダントを挟んで左右の尖りに交互にしゃぶりつき、舌を絡めて押し潰したり、飲むように吸い上げたり、甘く噛んだりしながら空いているほうも指先でこねまわす。

「……あっ……はっ、ンンッ……」

びくびく身を震わせながら可愛く喘ぎ、脚をもじつかせる姿に岳の分身が硬く張り詰める。

「……アシェル、嫌じゃない……？　ちょっとしつこい……？」

嫌そうには見えなかったが、興奮して舐めまくってしまった自覚があるので一応確かめると、
相手ははぁはぁと浅く息をしながら困ったように岳を見おろし、

「……たぶん、ちょっとしつこい気はしますが、嫌では、ないです……。でも胸を舐められると、どうしてか、違うところも切ない気持ちに……」

赤い顔で品よく訴えられ、先走りで潤んだ切ない場所を慰めるためにさらに身を下げる。

すんなりした脚を開いて揺れる性器をそっと握ると、ハッと息を継いで羞恥に唇を噛む表情にもそそられる。

触れる場所のすべてが滑らかだが、握ったそこも触り心地最高で、愛撫に震えるアシェルを宥めるように最初はゆっくりと、徐々に速く強く上下に擦りたて、ぷくりと溢れる雫に吸い寄せられるように唇を近づける。

「え……、やぁっ、ハムロ殿っ……！」

口淫に驚いて悲鳴を上げられ、同意を得ていなかったことに気づいたが、口に含んだ甘美なものを出す気になれず、さらに深く飲み込んで強く啜りあげる。

「あっ、待っ、や、やぁっ……！」

泣きそうな声で止められても、口の中の性器は反り返ったままで、頭をどかそうとする相手の指も髪に絡まるだけで、感じすぎて戸惑っているだけなのがわかったので、やめてあげられなかった。

「……アシェル、これ、気持ちよくない……？　こういうの、変じゃないんだよ……？」

れろれろと茎を舐め、尖端を親指の腹で撫で回しながら囁くと、

「……き、気持ちは、いいですが、……口でそうされると、ひどく、恥ずかしいです……」

と両手で顔を隠して脚を閉じようとする。

身体中薄紅色に染めて恥ずかしがる初々しさにムラッとして、両脚をがっちり抱え、

「こんなことする俺のこと嫌いになりそうならやめるけど、恥ずかしいだけだったら、ちょっと我慢してくれる?」

と興奮を押し隠した声で説得すると、顔を覆う指の隙間から恨めしげな目で見ながらもこくりと頷いてくれる。

半ば強引に同意を取り付け、再び脚の間に顔を埋め、形のいい性器にねっとりと舌を這わせて嚢を揉みこむ。

くりくりと手の中で双珠を転がし、唇でも嚢に吸いついて舌で珠をつつく。

自分が同性の下半身に口で愛撫を施す日が来るとは思っていなかったが、アシェルのものならまるで抵抗感はなく、むしろ進んで余すところなく舐めたくなる。

性器を手で扱きながら、嚢の裏の付け根を舌先で辿り、悶える声を聞きながら奥まった蕾まで舐め下ろす。

「あぁっ、やっ、そこ、いけませ……ハムロ殿っ……!」

いけませんっていいな、アシェルは絶対「やめろ、この野郎」とか言わない品のよさがたまらない、と上品萌えしながら、制止を聞かずに綺麗な色の孔を舐め回す。

「アッ、やぁっ……やめ、ぁんっ……」

　爪先を震わせて喘ぐ様に目でも欲情しながら、

「……ごめんね、恥ずかしいよね。でも、俺、アシェルの中に入りたいんだ。男同士はここで繋がるから、もっと舐めてもいい……？」

　とまた断りにくい言い方で意思確認してしまう。

　ひくっと半泣きになりながら、小さく頷いてくれるアシェルに愛おしく太腿にキスをして、再び後孔に唾を塗りこめる。

　美しくて無垢な身体に早く入れてほしくて気が急くのを堪え、たっぷり舌で濡らしてからハンドクリームを手に取る。

「アシェル、また恥ずかしいことするけど、ここに指を入れて、中を弄らせてくれる？　拡げないと繋がれないから、ちょっとだけ我慢して？」

　また意思確認という名の強要をしつつ、潤滑剤がわりのクリームを塗った指を奥に忍ばせる。

「アッ……ぅ」

　違和感に身を硬くしてシーツを掴むアシェルの手の甲に口づけ、そろそろと中を探る。

　こりっと触れた場所をくっと押すと、「ひぁっ……！」とアシェルが身を跳ねさせる。

「ハ、ハムロ殿っ、そこはっ……あっ、あぁっ、嘘、……きもちい……っ！」

　そこを念入りにいじると、羞恥より快感が勝ったらしく、アシェルは人差し指の節を噛みながら「んっ、んっ」と声を上げ、うずうず尻を揺すって岳の指を締めつけてくる。

ウブエロい痴態に脳から火を噴きそうに興奮しながら、徐々に指を増やして中を拡げ、ぐちゅぐちゅと音が立つほどクリームを塗りこめる。

指でも極上の感覚を味わえる内襞を丹念に慣らしてから、岳は指を引き抜く。

「……アシェル、そろそろ、俺をここに入れてくれる……?」

アシェルは岳の限界まで熱りたった怒張に目をやり、こくっと息を飲みながら、

「……どうぞ……、すこし怖いですが、ハムロ殿と……もっと仲良く、なりたいので……」

と吐息で囁いた。

その可愛さに溺愛中枢を直撃され、ひしっと抱きしめてから、

「アシェル、後ろ向きのほうが楽みたいだから、ちょっと向き変えるよ……?」

と長い前戯でとろけた肢体を裏返して四つん這いにする。

本当は美しい顔を見ながら繋がりたい気もしたが、バックからのアングルも絶景で、手早くゴムをつけ、華奢な腰を摑んで、濡れた後孔に性器を擦りつける。

「……アシェル……、挿れるよ……中に……」

かすれた声で予告すると、こくんと頷かれ、岳はぐっと腰を進める。

「あっ、あんんっ……！」

アシェルの声を聞きながら、自分も大声で呻いてしまいそうな快楽を堪えて隘路を拓く。

指だけでも繊細に纏われてときめいたが、最高の締まり具合とうねり具合で屹立を包まれる。

この世のものとは思えない悦さに最奥まで一気に突き上げたい衝動を必死に抑え、なんとか慎重に身を進めて根元までおさめる。

「……アシェル、大丈夫……？　全部挿ったけど、きついかな……」

強張る背中に宥めるようなキスを落としながら問うと、

「……ハ、ハムロ殿が、とても立派なので、すこし苦しいですが……、でも、一番近くなれた気がして……嬉しいです……」

と涙目でペンダントを揺らして振り向かれ、ドクンと膨張してさらに苦しくさせてしまう。

それから先はひたすら「ごめん」「可愛い」「大好き」を繰り返しながら抽挿し、アシェルも悲鳴と喘ぎの合間に「僕も、大好き」と言ってくれた。

＊＊＊

「……アシェル、ちょっと我を忘れてあんまり同意を得なかったと反省してるんだけど……強引で嫌だった……？」

共に達したあと、くったりと放心して息を乱すアシェルを腕に抱きながら、岳は今更低姿勢に問う。

ちゃんと行為の前に合意を得るとか、意思確認して嫌なことはしないなどと自分から約束しておきながら、いざ事が始まったら興奮して全然守れず、かなり詐欺的に丸め込んだ自覚がある。

アシェルはちらっと岳を見上げ、

「……そうですね。たしかに『嫌』だとお伝えしても、我慢しろとおっしゃるばかりで、すこし意地悪だと思いましたし、あまり紳士的ではないお振る舞いもなさるのだな、と驚きました」

と丁寧だが率直に言われてしまう。

慌てて「いつもはこんなに強引でも変態でもないんだ、今回が初めてなんだ」と弁解しようとしたとき、

「……でも、『大好き』だと浴びるほど言ってくださったので、朝まで僕の言う事をなんでも聞いてくださるなら、意地悪をされたことは帳消しにしてあげます」

と照れたように微笑まれ、好んで王子様の下僕になりたくなる。

汗を拭いてほしいと言われ、急いで洗面器にお湯を張ってタオルを持って戻り、甲斐甲斐しく身体を綺麗にする。

いつもTシャツとスエットをパジャマがわりに貸していたが、岳のパジャマが着たいと所望

され、またすこしサイズが大きい彼パジャマ姿に萌えていると、喉が渇いたと仰せになる。

居候のときはこんなことは一切言わなかったから、なにやら新鮮な気持ちで冷蔵庫から取ってきたペットボトルの水をコップに注ぎ、

「どうぞ、王子様」

と手渡そうとすると、アシェルは受け取らずに悪戯っぽい微笑を浮かべた。

「コップではなく、口移しで飲ませてくださいますか?」

下僕冥利に尽きる命を受け、水を含んで甘美な命令を遂行する。

「……ん……」

こくんとアシェルの喉で水を嚥下する音が聞こえても、まだ唇を離せずに口づけを深める。

今度は岳のほうがアシェルの甘い唾液を飲んで渇きを潤そうとする。

心ゆくまで味わってから、銀の糸を引いて唇を離すと、アシェルがほぅと満足気な吐息を零して、おもむろに両手を首の後ろに回す。

ペンダントを外し、両手を重ねた掌に乗せ、岳にそっと差し出しながら囁いた。

「……ハムロ殿……、やはり、このペンダントはあなたにお贈りしたいのです。僕が心から愛する御方は、いまもこの先もあなただけなので、お受け取りいただけますか……?」

「……」

代々の王子が求婚時に渡すペンダントを見つめ、俺は妃じゃないけどいいのか、しかもいま

パンツ一丁なんだが、と照れてボケたくなったが、真摯な瞳で告げられたプロポーズが胸に染みて、真面目に答えることにする。

ありがとう、俺に決めてくれて、と受け取ろうとしたとき、ローテーブルの上のコップからパァッと強い光が放たれた。

思わず瞑った目を開けると、目の前に黒いフードつきのローブを着た男が立っており、黒い長い爪の人差し指を振って自身の水滴を一瞬で払った。

……この人は、と目を剝きながら思ったとき、「……ケ、ケアリー……！」とアシェルが正解を口走る。

空の浴槽ではなくコップの水から現れたメルヘン界からの新客は、白銀の長い髪をポニーテールにした三十代前半くらいの年頃の男性で、確かに目の覚めるような美形だった。

「アシェル様……！　お探しいたしましたぞ」

ケアリー卿はアシェルしか眼中にない様子で歩み寄る。

「突然目の前で泉から消えてしまい、どれほど案じたか。溺れたのかと泉の水をすぐ空にしても影も形もなく、急いで城に戻ってアシェル様のお部屋を家探しし、隠してあった曽祖父様の手記を見つけてやっと消えた理由がわかりました。なぜ私に黙ってこのような」

アシェルはパジャマの裾を摑み、怖い教師の口頭試問を受ける生徒のように上目で窺う。

「済まない、ケアリー。言えば反対されると思って……、あの、ひとつ聞きたいのだけれど、ケアリーは僕が家出したのと同じ日に追いかけてきて、いま着いたのか？　それともカールハートでもひと月近く経っているのか？」

自分の前で話すときとは違うアシェルの口調に、これも王子っぽくていいな、と岳がひそかに萌えていると、

「いまなんと。もうこちらではひと月近く経っているのですか？」

と驚いたせいか、腰のあたりまであるケアリー卿のポニーテールが一瞬羽根のように広がる。

「……そんなに遅れを取ったとは不覚。私は城で『願いの泉』の秘密を知ってすぐに泉に戻り、『私の可愛いアシェル様の元へ……！』と強く願ったのですが、どうしたことか生後間もないアシェル様や、初めて『きありぃ』と呼んでくださった日のアシェル様や、ご母堂を亡くされてしばらく私と一緒でないとお休みになれなかった頃のアシェル様や、初めて妖獣ヴァンピーを一撃で斃されたときのご雄姿や、初めてワルツをお教えした日のアシェル様や、もう一度見たい可愛いアシェルの様の元へ何度も行ってしまい、そのたび満喫しながらやり直し、ようやく今のアシェル様の元へ辿りついたところなのです」

「……そう。ご苦労だった」

アシェルはいつものことだと受け入れているようだったが、岳は聞きしにまさるケアリー卿の溺愛ぶりにあんぐりしつつ、昔のアシェルの元へも行けるなら、俺も泉に飛び込んでみたいかも、と思わず思ってしまう。

ケアリー卿はサッとひとわたり部屋を見回し、アシェルに目を戻す。

「ひと月もこのようなあばら家で、そのようなぶかぶかの粗末ななりでお過ごしだったとはおいたわしい。でも顔色もよく、ひもじい思いはしていないご様子で安堵しました。さあ、こんなところはさっさと立ち去り、カールハートへ戻りましょう」

なに、と岳が一歩出ようとしたとき、

「ケアリー、僕は帰らない。ずっとこちらで暮らす。おまえひとりで国へ帰り、父上たちに『もう僕のことはいないものと思ってお忘れください』とアシェルが申していたとお伝えしてほしい」

とアシェルが決然とケアリーに告げた。

ケアリー卿は切れ長の目を見開き、

「……なにを仰せになるかと思えば。八日後には国をあげての御婚礼だというのになにゆえそのような戯言を」

と窘めるのを遮り、

「戯言などではない！　リリティア姫とは結婚できない。姫には申し訳ないけれど、僕にはもう心に決めた御方がいる。こちらのハムロガク殿と共に生きていくと決めたのだ！」

とアシェルが岳を指して叫んだ。

ケアリー卿は初めて岳を視界に入れ、黒い瞳を燃えるような赤に染めた。

視線だけで焼き殺されそうだったが、怯まずに岳はずいとアシェルを背後に庇うように対峙する。

「ご挨拶が遅れましたが、葉室岳と言います。ひと月前にアシェルと出会って、今日恋人になりました。アシェルがカールハート王国の王子様で許嫁もいることは聞きましたが、お聞き及びのとおり、アシェルはここに残ると言ってくれていますし、王冠のペンダントも俺にくれるそうです。勝手は承知ですが、アシェルを連れて帰らせるわけにはいきません。ご理解ください」

視線を外さずに告げながら、もし白兵戦なら互角な気がするが、魔法を使われたらアウトだ、と敵の攻撃力を推しはかっていると、相手は鼻で嗤った。

「恋人などと片腹痛い。裸族が寝言を申すな。おまえごとき、アシェル様の下足番でも畏れ多いわ」

毛虫を見るような目で岳に黒い爪を向け、さっと水平に振った途端、ぶわっと身体が浮いて反対側の壁に叩きつけられた。

「……っ！」

一瞬の出来事に受け身も取れず、床に身を折って呻いた岳に「ハムロ殿！」とアシェルが駆け寄って両肩を支え、キッとケアリー卿を振り返った。

「ケアリー！　ハムロ殿になんということを……、すぐに魔法でお治しするのだ。そして二度とこんな真似は許さない。この御方は僕の誰より大切な御方だ。おまえもそう遇するように」

控えめな物言いに慣れた目に凛々しい王子の一面が新鮮で、痛みに顔を歪めつつも思わず惚れ直す。

ケアリー卿は瞳を瞠り、しばし言葉が見つからないように押し黙ってから低く言った。

「……畏れながら、主が道を誤った時は身を挺してお止めするのが私の役目です。アシェル様は私の力をよくご存知のはず。この裸族をいますぐゴキブリに変えて踏みつぶされたくなければ、ご一緒にお戻りを」

「……っ！」

己の命の危機だったが、メルヘン界の脅しに、ゴキブリに変える無駄な魔法使うより即死させたほうが手っ取り早いんじゃないか？　と思わずつっこみたくなる。

だが、本人たちは至って真剣に対峙しており、アシェルは唇をわななかせてお目付け役を睨み、しばしのち、肩を落として岳を振り返った。

「……ハムロ殿……、僕がここにいると言い張れば、ハムロ殿のお命が保証できません……。身を切られるより辛いですが、ハムロ殿のお命のほうが大事なので、ケアリーと共に国に帰ります。……あちらに戻っても、いつまでもあなただけを想っております……」

空色の瞳に涙を溢れさせ、「どうかこれを僕と思ってくだされば……」とペンダントを岳の首にかけ、アシェルは立ち上がる。

「……そんな、待って……！」と焦って引き止めようとしたが、金縛り（かなしば）にあったように体が動かせなくなる。

サッと指を振ってアシェルのパジャマを王子服に替え、岳の首からも魔法でペンダントを取り戻したケアリー卿は、コップを逆さにして水を零し、小さな滝が床に落ちる前にヒュッとアシェルごと目の前から掻（か）き消えた。

「……そんな……」

途端に金縛りがとけ、身体が動かせるようになったものの、岳はしばらく呆然としたまま動けなかった。

もしかして床の水たまりに手を浸（ひた）して願えば後を追えるのでは、と我に返ってバッと下を見たが、床にはケアリー卿が零したはずの水は一滴もなかった。

あまりにも非科学的な事態の連続に、もしかしていまの男も、アシェルとのこともすべてが夢だったのでは、とまで思ったが、ベッドの足元に残るアシェルの着ていたパジャマや、テーブルの白い花籠（はなかご）を見やり、ショックで現実逃避している場合じゃない、と岳は頭を振り、打ち身の痛みを堪（こら）えて立ち上がる。

……メルヘンの国なんて死んでも行きたくなかったが、アシェルを取り返すためならどこだって行ってやる……！　と決意を固める。

理論上では、明日の晩、満月が出たら風呂に潜（もぐ）って願えば泉に直通で行けるはずである。

アシェルのパジャマを拾いあげて、すぐ行くから待ってろよ、と頬ずりしたとき、

「おい、ハムロ！　なに気持ちの悪いことをしているのだ。ここを開けてくれ！」

とベランダの窓をぺちぺち叩く音がした。

……変なとこばっかり見やがって、しかも今頃のこのこ戻ってきて……こいつがいてもなんの頼りにもならなかったと思うけど、と目を眇めながら窓を開けて部屋に入れると、

「はあ、遅くなってしまった。ぴよちゃんが名残惜しんでまだ帰るなと引き留めるものだから。モテる男は辛いな。……おや、王子様はいかがした？」

と能天気なことを言いながらきょろきょろする。

岳が苛立ちを堪えて最前の経緯を伝えると、ピムは「えぇっ、ケアリー卿が……!?」と顔を引き攣らせて「あっ！」と失禁した。

こいつもこんなに怖がってるし、さっきも問答無用で吹っ飛ばされたから、本当に命の危険があるかもしれないが、このままやれることもやらずに諦めるなんてできない。

岳はピムを掬い上げて床と尻を拭きながら言った。

「ピム、驚くと思うけど、俺、アシェルと恋人になった。さっき、おまえがいない間に気持ちを確かめ合ったんだ。ケアリー卿が俺をゴキブリにして殺すって脅さなければ、アシェルはずっと俺のそばにいるって言ってくれてたんだ。だから、迎えに行こうと思ってる」

また「えぇっ！」と失禁するかと思ったら、

「そうか。それは王子様のために喜ぶべきだろうな」

とピムは感慨深げに頷いた。

え、と岳が目を見開くと、ピムはしたり顔で続けた。

「王子様が初めてここに着いたときから、ハムロに惹かれておいでなのはわかっていた。私は泉の手違いだと思ったが、珍しくムキになって『手違いじゃない』と仰せだったし、二度目にここに着いたとき、王子様がハムロの元に行きたいと願ったのだと察した。ただ、ハムロは男同士に抵抗があるようだったから、王子様が風邪薬を飲んでお目覚めにならなかったとき、口づけるようお膳立てしてやったのだ。ハムロも王子様を意識するようになれば、と思ったのだが、その後も素っ気ないので、公園でもふたりだけになれるように席を外したり、できる限り協力したつもりだ。うまくいったのなら、王子様の友として祝福しよう」

「……ほんとかよ。嬉しいけど……」

できる限りの協力って、毎日のんきに食っちゃ寝してただけじゃねえか、と思ったが、誰も味方がいないよりはこんなチビリスでもいてくれるだけマシな気がした。

目覚めのキスも大ボラ吹いて一杯喰わされたと思って悪かったと思いながら、岳はあぐらをかいてピムを脚の間に座らせ、アシェル奪還計画の相談をする。

「ピム、メルヘン界のシステムがまだよくわからないんだけど、アシェルが泉に飛び込んだ同じ日にケアリー卿も飛び込んだらしいんだ。でも余計な道草して可愛いアシェルに会いに行きまくってたから遅れたみたいなんだけど、アシェルとピムが飛び込んで、何時間か後に来ただけなのに、こんなに時間差があるし、風呂じゃなくコップの水から現れたんだ。今日湯船が空だったから、同じルートじゃなかったのかな。人によって同じ場所に向かっても通ってくる道が違うのか？」

ピムは小さな両腕を組んで真顔でしばし考え込み、

「……わからぬ」

とまったく頼りにならないことを言った。

やっぱり使えねえ！　と言いたいのを堪え、

「……じゃあ、アシェルがこっちでひと月暮らしてたのに、まだあっちは同じ日のままみたいで、時間の経過がこっちと違うだろ？　もし俺が明日の満月の晩にうちの風呂から向こうの泉に行ったら、こっちでは一日経ってるけど、あっちではアシェルが連れ戻されてすぐみたいな時間につくと思うか？」

と問うと、しばらく溜めたあとに「……それもわからぬ」と言われて、岳はギュムッとピムを両手で締め上げる。

「おまえ、ほんとになんの役にも立たねえな！　わざわざ溜めるなよ、期待するだろうが！『鷹(たか)と王子』に出てくるギードなら、もっとなんでも知っててめちゃくちゃ王子のフォローするのに、おまえはなんにも知らねえし、全然頼りになんねえな！　もうおまえのいいとこなんて、ちょっと見た目が可愛いとこだけじゃねえか！」

思わず本音を口走ると、ピムはうるっと黒目を潤ませ、

「そんなことを言われても、仕方ないではないか！　曽祖父様をお支えした賢者(けんじゃ)の鷹と比べられても、私は一介(いっかい)のリスで『願いの泉』の原理に詳しいわけではない！　カールハートと『げんだいにほん』はなにからなにまで違うということと、ケアリー卿が強力な魔法の使い手ということしかわからぬ！」

とヘリウムボイスで喚(わめ)きながら失禁した。

「……」

岳は唇を噛んで手を緩(ゆる)める。

たしかにピムならなんでも知ってるわけじゃないのに、メルヘンの国から来たリスならわかるかもと勝手に思い込んで、つい八つ当たりしてしまった、と反省し、岳はもう一度ティッシュでピムの涙と尻を拭き、右耳をちょんと撫でた。

「ごめん、ピム。アシェルを取り返したくて焦ってて、余計なこと言った。おまえにもいいとこはいっぱいあるし、俺とアシェルの仲を取り持とうとしてくれた恩人なのに、鷹と比べたりして悪かったよ」

本当はたいして恩人とも思っていないが、言わずもがなのことを言ってしまったので、岳は若干(じゃっかん)盛って詫(わ)びる。

耳を擦らずに軽く触れただけなので、ピムは恍惚とはならずに「……わかればよい」と機嫌だけ直してくれた。

「……じゃあ、もう科学的に解明しようとするのは諦めて、『全部メルヘンの国なんだからありなんだ！』ってことで、明日は特に作戦はたてずに体当たりでいく。ピム、明日の晩、満月が出た瞬間に風呂に飛び込んでカールハートに行くから、お城まで案内してくれるか？　向こうで頼れるのはおまえだけなんだ」

「相わかった」と頷いたピムと仲直りのハイタッチを人差し指でする。

翌日、岳は昼の内にアシェルへのプレゼントを買い求め、満月が出るのを待った。

「お風呂が沸きました」という女声アナウンスを聞き、岳はおもむろに立ちあがる。

魔法使い相手に役に立つとも思えなかったが、丸腰で向かうよりはと竹刀を持ち、ピムを第二ボタンまで外したシャツの襟首にねじ込んで、胸ポケットにプレゼントを忍ばせて玄関から靴を持って風呂場で履く。

「行くぞ」とピムと目を合わせ、はぁっと大きく吸い込んだ息を止めて湯に潜り、『願いの泉に行きたい！　どうかアシェルの元に連れてってくれ……！』と岳は強く念じた。

＊＊＊＊＊

「……こ、これは、マジで結構しんどいな……」

「ケホケホッ……、そ、そうだろう……？　一日に何度もやりたくないだろう……？」

岳はびしょ濡れで這いつくばりながら泉のほとりで荒い息をつく。

きっと水の中にいる時間はそこまで長くないような気がするが、巨大な排水ホースに吸引されて抛りだされるような、身体中水の中でもみくちゃにされる苦行のひとときだった。

こんな思いをしてアシェルは俺の元に二度も来てくれたのか、と改めて愛おしさを噛みしめながら、なんとか竹刀にすがるようにして立ち上がる。

あたりは緑の香りがする夜の森で、見上げると木立ちの間から青い満月が見えた。

たぶんアシェルが飛び込んだのと、昨夜ケアリー卿に連れ戻されたのと同じ夜に着けたのでは、理論的には、とひと安心する。

日本で見る月と色が違うんだな、と思いながら視線を下げると、木々の枝や下生えの隙間に蛍のような小さな光がいくつも瞬いていて、遠巻きに見られているような気配も感じ、もしかしたら蛍じゃなくて妖精なのかも、といよいよメルヘンの国に来たのだと実感する。

濡れたボロ雑巾のようになっているピムを襟首から出し、ハンカチを片手で絞って拭いてやり、自分も城に行く前にちょっとマシな姿にしておこう、とシャツとズボンを脱いでぎゅっと絞っていると、背後でパッと一瞬昼間のような光が射した。

「……ここまでやってくるとは、なんとしつこい裸族だ」

聞き覚えのある氷のように冷えた声に、あんたがたまたまパンツ一枚のときに現れるだけで俺は裸族じゃない、と思いながら岳は戦闘モードで振り返る。

「アシェルを返してもらいにきました。ていうか、あなたに許可を得る筋合いはないかと。俺がお願いすべきなのは、アシェルのご家族ですから」

きりっと睨みながら、やっぱり恰好がつかないので急いで濡れたズボンを穿き直していると、ピムが前に飛び出してケアリー卿を見上げた。

「ケアリー卿、私はひと月ハムロと共に過ごしましたが、なかなか見どころのある男で、そう馬鹿にしたものではありません。王子様も心からお慕いしているのは明らかです。このままリリティア姫との婚礼を強行するのは酷かと」

決死の掩護射撃をしてくれたピムをケアリー卿は人差し指を一振りしてネズミに変える。

「ピム！」

ヘリウムボイスでチューチュー言うだけのネズミにされたピムを岳は両手で掬う。

ひと月も暮らした仲なので、リスもネズミも大して変わらないなどとは思えず、ひどいことを、と唇を噛む。

そのとき、パカラッパカラッと猛スピードで近づいてくる蹄の音が聞こえ、森の奥から白馬に跨ったアシェルが身を低くして駆けつけてきた。

急停止するために手綱を引き、ヒヒーンと後ろ脚で立ち上がる白馬を御する凛々しい姿は絵になりすぎて痺れたが、ひらりと馬を下り、「ハムロ殿!」と感極まった声で涙目になるアシェルは俺だけが知っている可愛い王子様の顔だと胸が熱くなる。

また上半身裸の半分裸族姿で、

「アシェル、迎えにきたよ。俺はたとえゴキブリにされたって絶対逃げまどって生き延びるから、俺のために別れる決意なんてしないでくれ。お父さんとお義母さんにご挨拶してから、一緒に帰ろう」

とあちらも初対面のときのような王子服の相手に片手を差しのべる。

あのときはびしょ濡れの不審者と思っていたから正当な評価ができなかったが、こんなに王子服が似合う美しい王子がこの世にいるだろうか、いやいない、と心の中で断言しながらうっとり見惚れる。

ハムロ殿、とアシェルも両手を差しのべてこちらに駆けて来ようとしたとき、また岳の身体が宙に浮き、バンバンバンッ、と前後左右の木の幹に激しく叩きつけられた。

「ハムロ殿っ……!　ケアリー、やめるんだ!」

アシェルが顔色を変えてケアリー卿の右手に両腕を巻きつけて魔法を阻止し、必死の形相で見上げる。

「ケアリー、僕は覚悟を決めた。おまえがハムロ殿のお命を奪うなら、僕も共に死ぬ。僕に死なれたくなければ、ハムロ殿と共に『げんだいにほん』で暮らすことを許してくれ……！」

「……」

そこまで言ってくれるのか、これはきっと脅しじゃなく、本気で言ってるんだろう、と胸が締め付けられ、あばらや鎖骨が折れた激痛を堪えて幹の根元に凭れながら、岳は愛する相手に笑みかける。

「アシェル様……」

信じられないものを見る目で主を見おろしていたケアリー卿がギロリと赤い目で岳を睨めつけ、もう一度アシェルに黒い目を向けた。

「……アシェル様、ではこうしましょう。いまからこの裸族の想いがどれほどのものか試させてもらいます。私がアシェル様と寸分たがわぬ姿に変身するので、どちらが本物のアシェル様か、当ててもらいましょう。こいつが間違いなく当てれば、私が折れましょう。ただし、会話をしたり、触れたりせず、一切近づかずに外見だけで判断してもらいます。本当に愛していれば、区別はつくでしょう」

どうだ、受けて立つか、とケアリー卿に問われ、岳は幹を背中で擦るようによろよろと立ち上がる。

「……もちろんやってやる。いくら見た目だけアシェルそっくりに変身したって、中身があんたなら絶対間違えるわけがねえ」

こんな陰険サドと俺の天使はひと目でわかるに決まってる、と折れたあばらを押さえながら睨むと、「その言葉、忘れるでないぞ」とケアリー卿がほくそえみ、気まぐれのように指を振った。

すると一秒前まで激痛を感じていた肋骨（ろっこつ）や鎖骨から一瞬で痛みが消え、いつのまにか乾いた服を上下とも着ていた。

うお、これが本物の魔法の力か……！　とその直前に魔法でボコボコにされたことを失念し、怪我を治せるなんてすごい力だな、とうっかり感心してしまう。

服から顔をあげるとケアリー卿がいた場所には誰もおらず、アシェルの隣にもうひとり双子のようなアシェルがいた。

「ハムロ殿、どうかお間違いなく……、僕が本物のアシェルです……！」

「違います、僕です……！　ハムロ殿ならおわかりですよね……？」

「……え」

声も表情も、どこから見てもどちらもアシェル本人としか思えないふたりに同時に声をかけられ、岳は目を瞠（みは）って固まる。

……ヤバいかも……。魔法使いの変身能力を舐めていた。

大きな澄んだ瞳は、どちらも純真で誠実な愛情が浮かぶアシェルの瞳で、クソ意地悪いサディストの気配が微塵も感じられない。

「ハムロ殿、大好きです。僕が本物だってわかるでしょう？」

「違う、僕です、僕のほうが大好きです。お願いですから、見分けてください」

「……」

愛を賭けたテストだというのに、うっかりハーレム気分になってしまう。

いや、違う、どっちかは偽者だし、真剣に違いを探さないと。

衣装のどこかに違いがないか、爪が黒と白だったり名残がないか懸命に目を凝らしたが、ふたりともまさに寸分たがわぬアシェルそのもので見分けがつかない。

くそう、近づいて匂いを嗅げたら、うちのシャンプーの匂いでわかるかもしれないのに、とマニアックな鑑別法を思いつくが、その場から動けないように脚に魔法をかけられている。

ふたりのほうも、それまで不安げに岳を見ていた表情が揃って無表情に変わり、美しい等身大のフィギュアが対で並んでいるかのように動かなくなった。

アシェルもケアリー卿に金縛りにされたのか、と思ったとき、

（どうだ、わからないだろう。諦めてとっとと帰れ。おまえが帰ったら即座に泉を凍らせて二度と来られないようにしてやる）

とふたりのどちらの口も動いていないのに、直接頭の中にケアリー卿の憎々しげな声が聞こえてきた。

テレパシーのようなものらしく、

(早く答えろ。絶対間違えるはずがないと豪語していたではないか。当てずっぽうでもいいぞ？　ただし、アシェル様はお嘆きになるだろうな。愛する者が自分を勘で適当に当てようとして間違えたりすれば)

と厭味ったらしくプレッシャーをかけてくる。

……ちきしょう、でも本当にそっくり過ぎて全然わからない。本人の意思を持つ表情だったら愛の力で読み取れるだろうが、こんな容れ物だけでわかれなんていわれても難しすぎる。右っぽい気もするけど、左の確率も高そうだし……、ていうか愛が足りないわけじゃなくて、こんなの絶対家族だってわからないよ！　と唇を噛む。

ふと足元でチューチュー言っているネズミ姿のピムが目に入り、おまえはどっちかわかるか？　と目顔で問うたが、ぷるぷる首を振られて、やっぱり使えねえ、とわめきたくなる。

……どうしよう、間違ったら引き離されて二度と会えなくなる、と思ったとき、岳はハッとする。

……そうか、発想を変えればいいんだ、とその瞬間肚を括り、岳は前方のふたりのアシェルに向かって言った。

「いまから独り言を言う。会話じゃないからズルじゃないからな。……アシェル、俺、アシェルを本気で想ってるのに、一方的に犠牲を強いようとしてた。国も王子の地位も捨てて俺のそばにいてほしいなんて、勝手だった。俺だけじゃなく、アシェルにとっても一番いい道を探したい。アシェルがカールハートで王位を継ぐなら、俺がこっちに来る。けど、その場合はリリティア姫とは結婚しないでくれ。俺は王子が心から愛する者に贈るペンダントをもらう資格があるし、結婚は愛する者とするものだろ。跡継ぎ問題は申し訳ないけど第二王子にお願いしてほしい。とにかく、どうしてもアシェルと離れたくないんだ。俺の運命の相手は絶対アシェルしかいないから」

いままでアシェルに日本に残ってもらうことばかり考えていたから、双方に問題が大きかったが、自分が思い切れば、問題は家族への説明などだいぶ小さくなる。

警察官の仕事に誇りを持っているが、アシェルと離れてまでしがみつかなければならないものではないと優先順位が変わる。

きっとこの決意を伝えたら、人形のようなアシェルの瞳に喜びの色が浮かび、ケアリー卿がなりすましたほうには苛立ちや不快な色が浮かぶのでは、という作戦で、ふたりのアシェルの目を見比べていると、右側に立っているアシェルの瞳からツゥッと涙が零れ落ちた。

まばたきもせず、表情のない美貌からぽろぽろと涙が零れるのを見て、「こっちが本物のアシェルだ」と右のアシェルを指差すと、脚にかかっていた魔法が解ける。

ダッと駆け寄って本物のアシェルを抱きしめると、フィギュアのようだったアシェルの身体が柔らかく動き、ぎゅっと岳の首にすがりついてきた。

「ハムロ殿……、嬉しいです。ハムロ殿も僕を運命の相手だと思ってくださるのですね」

「うん。じゃなきゃ、最初の晩にアシェルがうちの風呂場に来るわけないしさ」

「そうですよね、泉が間違えるはずないですよね？　やっぱりあのときから運命のふたりでしたよね？　しかもカールハートで暮らしてもいいとまでおっしゃってくださって……、でも犠牲というならハムロ殿も同じですし、僕はハムロ殿と一緒なら、どこでも構いません」

「俺だってそうだよ。ちょっとここがどんなとこかまだよくわからないから自信ないけど、アシェルがいるなら絶対大丈夫」

「ありがとうございます。嬉しいですが、僕は『げんだいにほん』もとても楽しかったので、また行ってみたいです。ハムロ殿にまた『おむらいす』を作っていただいて、今度はちゃんとハート型を描きたいですし、『こんびに』のおでんの『もちきんちゃく』も、冷たい『ゆきみだいふく』ももう一度食べたいですし、『あしかがふらわーぱーく』にも行ってみたいし、『こえどかわごえ』というところも楽しそうで、ほかにもてれびで見て行ってみたいところがたくさんあるのです」

顔を上げて「ハムロ殿と一緒に」と言い添えられ、可愛くてならない恋人の睫（まつげ）に残る涙の粒を唇で吸い取る。

そのとき、隣から、

「いい加減にせぬか、人前で。いつまで続くのかとイライラと待ったが、延々終わらないではないか。『げんだいにほん』などというところに行ったせいでアシェル様は悪くなられた。……もう私だけの可愛いアシェル様ではないということだな」

アシェルの顔と声でそう言い、人差し指を振ってケアリー卿は元の姿に戻った。

ついでにピムもネズミからリスに戻し、岳を振り返る。

「私からはもうバカらしくてなにも言う気はないが、王様の御前(ごぜん)でいまの決意を申し上げ、ご判断を仰(あお)げ」

ケアリー卿がふわっと右手を指揮するように振ると、身体が一瞬浮いたような感覚のあと、いきなり目の前が森から石造りの王宮の大広間に変わった。

「うわっ!」

思わず叫んでしまった岳の前方数メートル先のふたつの玉座(ぎょくざ)に、まだ四十代半(なか)ばくらいの王冠を乗せた金髪の美中年とそれより若い王妃と思(おぼ)しき黒髪の女性が並んで座っていた。

入口の衛兵たちが急に現れた岳を見て、槍(やり)を持って「曲者(くせもの)!」と駆けてきたが、ケアリー卿がピッと指を振ると衛兵たちは何事もなかったように持ち場に戻っていく。

アシェルは岳に抱きついたままで、もしすこしでも離れたら岳だけ魔法で消されてしまうかもしれないとでも思っているかのようにぎゅっとくっついている。

玉座の王様がアシェルとケアリー卿に言った。

「話の途中で急にケアリー卿が消え、アシェルも飛び出していったかと思えば、今度は誰を連れて参ったのだ」

アシェルは岳にしがみついたまま、

「父上、この御方がさきほどまで申し上げておりました、僕が『げんだいにほん』で出会った運命の御方、ハムロガク殿ご本人です」

と父王に紹介した。

別れる覚悟でこっちに連れ戻されても、やっぱり俺のことをご両親に説得しようとしてくれてたのか、と感激しながら、横にアシェルをくっつけたまま、岳は王様と王妃様に九十度腰を曲げてお辞儀をした。

「初めまして、葉室岳と申します。俺は『日本』という国で『警察官』というこちらでの衛兵のような仕事をしている二十八歳独身で、アシェルくんと結婚を前提とした真剣な交際をしたいと思っております。住む世界も身分も違いますし、出会ってまもないですが、本当にアシェルくんのすべてが愛しくて、俺が幸せにしたいんです。一緒にいるためなら俺がこちらに移住してくることも辞さないですし、もしご了承いただけるなら、日本で一緒に暮らすこともご検討いただければと思っております」

誠心誠意思いを込めて告げ、顔をあげると、隣からアシェルが両親に向かって言った。

「父上、義母上、どうかハムロ殿と僕の交際を許してください。我儘を申して本当に悪い息子ですが、僕は『王子』だからではなく『僕』だから愛してくださるハムロ殿といたいのです。父上はまだお若いし、オーランドが大きくなるまで王座にいていただいて、次の王位は是非オーランドに。リリティア姫にはお詫び状を書きますから、僕は遠い国へ旅立ったので縁組は破談ということにしていただけないでしょうか。もし父上と義母上にお許しいただけなくても、また泉に飛び込みますし、もしハムロ殿のお命を奪うおつもりなら、僕も後を追うだけです」

揺らがぬ決意を見せるアシェルに王様は王妃様と顔を見合わせてから岳に言った。

「……遠い異国から来た者よ、アシェルに願いの泉から『げんだいにほん』とやらへ行き、愛する者を見つけたと聞かされても、地図にもない国などまことの話か疑っていた。だが、本人が現れたゆえ、作りごとではなかったのだと認めよう。ひと月もの間、我が息子を手厚く世話してくれたことにはひとまず礼を申す」

いいえ、とんでもないです、と答えながら、やっぱりこれは「反対」の流れだろうか、と身構えた時、王妃がアシェルに心配そうな表情で言った。

「……アシェル、ひとつ聞かせて。生さぬ仲でも仲良くやってきたつもりなのに、急にそんな遠い地に家出をするなんて、あなたがここに居づらい気持ちになるようなことを私がしたのかしら」

後添えの王妃が自責するようなことを口にすると、アシェルが首を振って否定した。

「まさか、お優しい義母上に不満などまったくありませんし、オーランドのことも大切な弟だと思っております。……ただ、やはり結婚は好きな方としたくて……、黙って家を出るのではなく、きちんと口でお伝えすべきでしたが、王家の慣例に異を唱える勇気がなく、こんな土壇場で翻してしまい、父上と義母上には本当に申し訳なく思っております。ですが、僕は『げんだいにほん』の言葉で表すと『げい』なのだと思います。今まで王国の令嬢に何人お会いしても心が動かなかったのですが、ハムロ殿に初めてお会いしたときに『びびっ』と来たのです。きっとリリティア姫のことも敬愛以上には思えなかったと思うのです」

テレビで仕入れた言葉を交えて説明する息子に、王はやや困惑げに、

「……『げい』とか『びび』とかよくわからぬが、どうしてもその者がいいと申すのだな」

と割合あっさりした口調で言い、あれ、風向きはこっちに……？　と岳が思ったとき、脇に控えた近侍から羊皮紙のようなものを受け取りながら王様が続けた。

「実はつい先ほど、アシェルとケアリー卿が席を外した間に隣国ダートシーの国王の伝書ドラゴンが飛んできた。書状によるとリリティア姫も幼馴染のメイドと恋仲で、おまえとの婚礼を嫌がって駆け落ちしたそうだ。ゆえに、おまえから破棄しなくても、この縁組は無きものになった」

「えっ」

岳とアシェルは目を瞠って聞き返す。

まさかの展開に顔を見合わせ、まあ、それならそれで問題はひとつクリアできて助かるけど、メルヘン界の王家の子女はどこもフリーダムだな、とあんぐりしていると、王様が岳に視線を向けた。

「遠い異国から来た者よ、アシェルは大事な息子で、誰と結ばれても手元から放すことなど考えたことはなかった。だが、アシェルの幸せがここにはないというのなら、無理に縛り付けておくことは親として取るべき態度とも思えぬ。国中から愛されている王子を奪うのだから、必ず幸せにしなければ首を刎ねるぞ。わかったか」

メルヘンあるあるの『首を刎ねる』をさらっと口にしつつも一応認めてくれた王様に、岳は「はい、必ず」ともう一度九十度腰を折って心から誓う。

「父上！　ありがとうございます……！」

アシェルが岳に抱きついたまま礼を言うと、王様はじっとアシェルを見つめ、

「……だが、ずっとあちらに行ったまま二度とおまえと会えぬのでは淋しくてかなわぬ。半年に一度は満月の夜に顔を見せに戻ってくるように。婿殿も一緒にな。ちゃんとアシェルが幸せか顔を見て確かめ、すこしでも泣かせるような真似をしていれば、妖獣グァンピーの餌食にしてやる」

とまたさらっと恐ろしげなことを言った。

なんだよ、さっきからグァンピーって、と想像もつかないが、俺は絶対にアシェルを悲しま

せるようなことはしないからきっと餌食にはされないし、『婿殿』って言ってくれたから、やっぱりちゃんと認めてくれたんだ、と思わず片手の拳を握りしめると、

「婿殿、アシェルの話によれば『げんだいにほん』は我が国とは国の制度も生活様式も大層違うそうだが、アシェルがそちらでは異邦人であることで不利益を蒙るようなことはないか？」

と親として案じる問いかけをされ、岳はしばし脳内であれこれシミュレートしてから答えた。

「王様、日本ではアシェルは王子という身分ではなくなりますが、俺が王子に仕える下僕のように尽くします。現実的な問題としては、今の状態ではアシェルは法的に保証されないので、外国人だと少し難しいとは思いますが、戻ったらすぐに就籍届というものを家庭裁判所へ提出して、便宜上『記憶喪失』ということにして、生まれた国も入国した日もわからない、名前しか覚えていないということで就籍許可が出れば、俺と出会った日が誕生日ということで戸籍が取れるので、住民票や保険証も作れて医療機関にも問題なくかかれますし、俺も警察の寮を出て堂々と同居できるように善処します。ほかにもなにかメルヘンの国から来たことで問題が生じれば必ず解決できるように対応しますので、信じてお預けくださればありがたいです」

生活安全課で相談を受けた無国籍者や記憶喪失者の対応を思い浮かべながら伝えると、王様は面食らった顔で、

「……なにを申しておるのかさっぱりわからぬが、婿殿が息子のためを思って誠実に行動してくれるであろうことはわかった。その熱意を信じよう。アシェルを頼んだぞ」

と玉座から立ち上がり、岳とアシェルに近づいて、ふたりの背中にあたたかな手を回して受け入れてくれた。

＊＊＊＊

「わぁ、綺麗だなぁ。ここ数年花火大会とか軒並み中止だったから、久しぶりに生で見れて嬉しいよ」

岳は城のアシェルの部屋のバルコニーから夜空に打ちあがる光の花を見上げる。

あのあと岳はオーランド王子を紹介してもらってから、王様と王妃様と夜食を共にさせてもらった。

二歳のオーランド王子はこの美形夫婦からなぜ？　とひそかに首をひねりたくなるちびっこ相撲の横綱のような貫禄のある顔つきと体つきで、将来頼りがいのある王様になってくれそうだった。

おやすみ前にすこしだけ抱かせてもらったら腰を抜かしそうに重かったが、わんぱくで竹刀をあげたら大喜びで懐いてくれた。

初めて食べたカールハート料理はシンプルな造りの銀器に盛られた昔風の素朴な味付けで、全然まずくはないが、全体的に薄味かな、などと思いながら食べていると、途中で食堂の扉が開き、全長二メートルくらいある巨大な丸焼きが運ばれてくる。

「婿殿、仕留めたばかりの新鮮なグァンピーだ。精がつくゆえ、たんと食べられよ」

え、妖獣を食べちゃうのか？　と引き攣りつつ、牛ぐらいあるなんだかよくわからない生き物の肉を切り分けられ、食べたくないとは言えずに笑顔を張りつけて口に入れる。

ミディアムレアな野性味あふれる妖獣の肉を（アシェルのご家族の好感度のため）と必死に言い聞かせて咀嚼し、まるで味わいもせずに嚥下する。

食事が終わると、王様がリリティア姫との婚礼の夜に打ち上げるはずだった花火をせっかくだから上げてやろうと言ってくれ、それを見てから帰ることになった。

ご挨拶を済ませたあと、映画のセットに入ったような石造りの廊下や階段を燭台を持って案内してくれるアシェルのあとについて、自室のバルコニーに招かれる。

花火が始まるのを待つ間、アシェルが岳を見上げて言った。

「ハムロ殿、きちんと御礼をお伝えする暇がなかったので、改めていま言わせてください。ここまで僕を迎えに来てくださって、本当にありがとうございました。まさかハムロ殿のほうからこちらへいらしてくださるなんて、本当に驚きましたし、感激しました」

潤(うる)んだ瞳で見つめられ、愛(いと)おしさがまた込み上げ、昨夜(ゆうべ)から一日気を揉(も)みながら過ごした時間も、溺(おぼ)れかけるようなきつい水中移動の苦労もすべて吹き飛ぶ。

「こっちこそ、ちゃんとご両親を説得しようとしてくれてたみたいで、嬉しかったよ。俺が殺されたら一緒に死ぬとか、そこまでの覚悟も見せてくれて、ほんとに感激した」

チュッと感謝のキスをしてから、

「でも、その覚悟必要なかったね。リリティア姫がメイドと駆け落ちしちゃうとか、そんなこと想像もしてなかったし、おかげでこっちもスムーズに認めてもらえるなんてさ」

さすがなんでもありのメルヘン界だと苦笑しながら言うと、アシェルも頷く。

「本当に驚きました。いえ、正直助かったとも思いましたが、やはり姫も意に染まない縁組をずっと断れなかったのかもしれないと同志のような気持ちになりましたし、女性の恋人と末永くお幸せになっていただきたいです」

アシェルが微笑(ほほえ)んだとき、ヒューと花火が打ちあがる音がしてパーンと間近でオレンジ単色の大輪(たいりん)の花が夜空に咲く。

「わぁ、綺麗だな」と特等席で見られる私設花火大会を、しばし手すりに手を置いてふたり並んで鑑賞する。

ふと、手すりの端に布を繋(つな)げた長い紐(ひも)が風に揺れているのが見え、なんだあれ、あんなのつけておくと曲者がアシェルの部屋に入ってこれちゃうじゃないか、と防犯的によくないから外していいか聞こうとしたとき、岳の視線を追ったアシェルが「あ」と声を上げ、小走りに紐のそばに行って結び目を外しながら言った。

「……これは、最初に泉に向かったときに、城の中を普通に出て行くとピムや召使たちに見つかると思い、ここから抜け出した時のもので……。こちらでは、つい先ほどのことなのですが」

そこが不思議なんだよな、と首をひねる。

一緒にロープを外すのを手伝いながら下を窺うと結構な高さで、

「こんな高いとこから落ちたりしなくてよかったよ。それに泉を通るのもすごい大変だし、体張って、頑張って会いに来てくれたんだね」

とまた改めて相手が愛おしくなる。

「でも、こっち来て思ったけど、アシェルって身体能力高いんだね。うちじゃひきこもらせてたからよくわかんなかったけど、ロープで五メートルくらい下りたり、さっきも白馬をめちゃかっこよく乗りこなしてたし、ケアリー卿が『妖獣グァンピーを一撃した』って言ってたから、あの超でかい丸焼きの生きてるやつを剣とかで斃したんだよね」

妖獣というからには相当凶暴だったりするのではないかと思われ、

「いえ、そんなお誉めいただくほどのことでは……、王子の嗜みですので」

と控えめに頬を染めるアシェルを見ながら、もし怒らせたら一撃されるかもしれないから気を付けようとひそかに思う。

「ケアリー卿といえば、あの人の魔法ってすごいね。ボコボコにされるのも、怪我を一瞬で治すのもすごいけど、一番びっくりしたのはアシェルそっくりに変身されて、ほんとに驚いた」

中身がケアリー卿と思うと萎(な)えるが、もし純粋に孫悟空(そんごくう)の分身の術みたいな方法でアシェル本人が何人もいるハーレムなら最高かも、と妄想していると、

「あんなことをするなんて、ケアリーはひどいです。しかも、変身してハムロ殿に『大好きです』と口にするなんて、嘘でも許せません。ハムロ殿に『大好き』と告げていいのは僕だけなのに……！」

と憤慨(ふんがい)するアシェルが可愛すぎて、尖(とが)る唇に口づける。

「……ン……」

うっとりと甘い唇を堪能(たんのう)してから、

「ケアリー卿に言われたって嬉しくもなんともないから、怒らなくていいよ。アシェルはケアリー卿のことを『大変な美貌』って言ってたけど、俺から見たら断然アシェルのほうが綺麗だし、三十代の男がアシェルのフリして可愛こぶってんじゃねえってちゃんちゃらおかしいだけだよ」

と実際にあの場では見分けがつかずにときめいたことは伏せて王子様のご機嫌を取る。

アシェルは「え？」と首を傾(かし)げ、

「ケアリーは百八十歳ですよ。でもフォートラム一族は長命なので、まだ若いほうですが」

とさらりと驚愕の事実を告げられる。

……嘘、てことはやっぱりじじいだったんじゃねえか、それに長く生きても人格が磨かれるわけじゃないんだな、と思いながら、

「メルヘン界って寿命は種族によってバラバラなの？　アシェルも長生きなのかな」

と問うと、「僕は普通の人間なので、ハムロ殿と変わらないと思いますが」と言われてほっとする。

「でもさ、これから泉に飛び込んでうちに帰って、何十年も日本で暮らして、おじいさんになったアシェルがまた泉に戻ったら、いまの二十歳のアシェルになってるってことだよね、理論上は」

「そうなるかと。でも半年に一度戻るようにと父に言われましたから、その時点に戻ると思いますが」

原理を追及しようとすると頭がこんがらがるので『メルヘン界のシステムだから』で済ますしかないが、それならひとつお願いしたいことがあった。

「ねえアシェル、アシェルのほうが実際俺より若いし、メルヘン界育ちだから老化が遅かったりするかもしれないだろ？　ふたりとも順調に寿命まで生きられた場合、俺のが先に死ぬ可能性が高いし、警官続けてたら、万が一犯人に刺されたり撃たれたりっていう可能性もあるんだ。

だからもし俺が先に死んだら、アシェルをひとりで世知辛い現代日本に残すのは忍びないから、そのときはこっちに戻ってきてお城で暮らして？　そしたらまだ若いアシェルが誰かほかの人と結ばれるかもしれないけど、それは仕方ないって渋々諦めるから、それまではずっと俺と一緒にいてくれないかな」

警察官の配偶者なら覚悟してほしいことを交えて最期のときまで共にいたいと伝えると、アシェルは仮の話でも胸を痛めた表情で首を振った。

「……ハムロ殿がもし先に身罷られたとしても、ほかの誰とも結ばれることはありません。こちらこそ『げんだいにほん』にまだ慣れておらず、思わぬ不注意でうっかり儚くなりそうな気がするので、充分気を引き締めなければと思っておりますが、とにかく僕は生涯ハムロ殿以外の方と添い遂げる気はありませんので、最期のひとときまであなただけのおそばにいさせてください」

「……」

なんでこんなに可愛くて純情一途で心の綺麗な王子様と出会えたんだろう、と嬉しいと同時に不思議でならず、思わず帰りがけに『願いの泉』の水のサンプルを採取して持ち帰って成分を科捜研で鑑識してもらいたい衝動に駆られるが、「メルヘンの国の魔法」を無邪気に信じてありがたく幸運を享受することにする。

パーンと次々花火が上がる中、岳はコホンと咳払いして、すこし照れながらバルコニーに跪き、胸ポケットから指輪を取り出す。

驚いた顔で見おろすアシェルの左手を取り、瞳の色に似たアクアマリンのリングを嵌める。

「アシェルには告白もプロポーズも先越されちゃったけど、俺からもさせてくれ。俺が心から愛する相手もアシェルだけだよ。最初に風呂場に現れたとき、『僕がずっとお会いしたかった相手はきっとあなたです』って言ってくれたよね。たぶん、俺もそうだったんだと思う。まさか運命の相手がメルヘンの国の王子とは思わなかったけど、君と出会えて本当に嬉しいし、俺もほかには誰もいらない」

「……ハムロ殿……」

じわりと瞳を潤ませて感極まって言葉をなくすアシェルに笑みかけ、

「前にジャージを『初めてもらった贈り物』って大事そうに言ってただろ？　あれじゃなくて、この指輪を俺から初めてもらった贈り物認定してほしいんだ。ジャージはなりゆきであげただけだけど、この指輪は俺が本気でアシェルにプレゼントしたくて、アシェルに似合いそうなものをじっくり選んだプレゼントだからさ」

と照れを堪えて告げると、アシェルはさらにぼろっと涙を溢れさせる。

「……ハムロ殿……、一生大切にいたします」

岳は満足して立ち上がり、花火をバックに王子様とお城のバルコニーでキスをするというメルヘン映画のエンディングを地でいくシチュエーションを満喫する。

長いキスを終えた頃、打ち上げ花火が全部終わったらしく、あたりに静けさが戻り、夜空には満天の星と青い満月だけになる。

じゃあ、そろそろ泉に行こうか、とマントの肩を抱いて部屋に戻ろうとすると、アシェルがふと足を止めた。

どうした、と問おうとすると、

「……あの、ハムロ殿、泉に飛びこむと大変苦しくて疲れますよね」

と唐突にアシェルが言った。

「そうだね」と頷くと、

「ハムロ殿はさきほど来てくださったばかりで、またすぐに飛び込むとお辛(つら)いのではないかと思いまして」

気を遣ってくれているようで「大丈夫だよ、鍛(きた)えてるから」と言いかけ、相手が頬を赤らめてうっすらもじもじしているのに気づく。

「もしよろしければ、まだ月は当分消えませんから、すこし寝台に横になって休んでいかれたらどうかと……」

「……」

どう見ても婉曲(えんきょく)なベッドのお誘いとしか思えなかったが、純粋に体調を心配してくれている可能性もあるかもしれない、とも疑われ、

「……いいの？　じゃあ、アシェルも一緒に隣で横になってくれる……？　もうちょっとマントとか脱いで楽なかっこで」

と探りをいれると、「はい……」と恥ずかしそうに頷かれ、これは純粋に寝たらいけないやつだ、と内心ガッツポーズをする。

全然疲れてないし、むしろいまので元気全開だし、さっき精のつく妖獣の肉も食べたからもっとやばいぞ、と血を滾らせながら、岳は新妻を抱き上げて天蓋つきのベッドに直行した。

＊＊＊

また自分からはしたないことをねだってしまった、とアシェルは内心羞恥に悶えながら、自分を軽々と横抱きにして寝台まで部屋を突っ切る相手にしがみつく。

でも恥ずかしくても、指輪や言葉の贈り物が嬉しくて、相手が欲しくて我慢がきかなかった。

初めて抱いてもらった熱も冷めないまま、ケアリーに連れ戻されて、やっぱりこんな風に引き離されるなんて理不尽だと両親に直訴していたら、いきなり話し合いの最中にケアリーが消えた。

普段そんな風に断りもなく消えたりはしないから、きっとそれほど慌てることがあったのだと思われ、いまケアリーが一番問題視しているのはハムロ殿のことだから、もしかしたら泉に来てくれたのかもしれない、と察して急いでリュカに乗って駆けつけた。

別れ際に「待って」と引き留めてくれたが、自分から別れを告げてきたし、殺されるかもしれないのにまさか追いかけてきてくれることはないだろうと思っていたのに、この目に相手の姿を認めた瞬間、嬉しくて幸せで涙が滲んだ。

それからずっと心臓が撃ち抜かれそうな言葉をたくさん口にしてくれ、ケアリーとも戦ってくれて、両親にも誠実に自分とのことを願い出てくれ、極め付けは自分のために指輪を用意して求婚までしてくれて、いますぐまた繋がりあわないとおさまらない気持ちになってしまった。

寝台に下ろされ、おずおず自分でマントを外し、上着のボタンを外しだすと、相手もシャツのボタンを外して脱ぎだすのが俯く目の端に映る。

ちゃんとただ横になって休むだけじゃなく、自分とあの行為をしてくれる気があるんだ、と内心ほっとする。

相手の裸身は自分とは違う厚みのある筋肉が美しくて、見るのも触れるのも、押し潰されそうに抱きすくめられるのもどれも心地いい。

食べる早さも身支度などもなにをするのも早い岳が手早く服を脱ぎ、もたもたしていたアシェルの服を器用に剥いでいく。

全裸で横たえられ、肌を合わせてのしかかられると、恥ずかしくて緊張もするのに安堵もし、身体の奥に火もついてしまう。

瞳を覗きこまれてドキドキしすぎてめまいがしそうになる瞬間唇を塞がれて、もっとクラクラする。

「……んっ、ンン……ん、ンぅ」

ピムやリュカには自分から気楽にいくらでもキスできるが、岳さんには好き過ぎて恥ずかしくて感謝のキスもできなかったし、そもそもずっとただの居候だったから、したくてもする権利がなかった。

だから初めてキスしてもらえたときは天にものぼる気持ちだったし、大人のキスをされて驚いたが、すぐそれも好きになった。

チュッと音を立てて唇を離した相手が、

「……俺、アシェルとキスするの、大好き。すごく気持ちいいんだ」

と自分と同じ気持ちを囁く。

「アシェルが眠り続けて起きなかったとき、初めてキスして、触れただけでめちゃくちゃ気持ちよくてすごく驚いた。横でピムが見てたから、軽く触れるだけで終わらせようと思ったのに、全然やめたくなくて、結構じっくりしちゃったんだ。なのに起きてくんないから、俺のキスが下手で気に食わないのかなってちょっと傷ついたよ」

笑い顔で軽く睨まれ、眠っている間のことを言われて困りながら、

「そんな、下手とか気に食わないわけありません。お上手ですし、とても気に入っております。僕はハムロ殿に口づけられると腰が抜けそうになってしまうし、脚の間が火照ってしまうし、僕だってずっとやめてほしくないと思うほど気持ちいいです……！」

と本当のことを懸命に訴える。

最初のときに隠さず気持ちを言ってほしいと言われたし、ちゃんと答えると相手が嬉しそうな顔をするので、恥ずかしいがなるべくそうしようと努力している。

「ほんと？　よかった。じゃあいっぱいキスしようね。俺ね、唇へのキスも好きだけど、アシェルの身体にキスするのも好きなんだ」

相手も正直に告げてくれると自分も照れくさいながらも嬉しくなり、首筋や鎖骨、胸元にキスの雨を降らされて、ときめきながら喘ぐ。

「アッ、ンッ、……んっ、ん」

大きな両手で身体を撫で回されながらあちこちに口づけられ、相手の触れたすべての場所が痺れるように心地よく、はじめは肌触りのいい絹のゆりかごで揺らされているような快感に包まれ、徐々にそこから別の場所へ連れていかれる。

「……あっ、ハムロ殿っ……！」

乳首をねっとり食みながら、芯を持つ性器を握られ、ビクッと背筋に震えが走る。

優しくたゆたうような快感から、めくるめくような快楽を絶え間なく与えられる時間が始まるのがわかった。

「あっ、ああっ、んっ……き、きもちいぃ……っ」

乳首を噛んで軽く引っ張りながら相手と自分の性器を一緒に握って扱かれ、胸元は相手の唾液で、下半身は自分と相手の先走りでびしょ濡れにされる。

「……ねえ、アシェルも一緒に持ってくれる……？」

舌をひらひらさせて乳首を舐めながら囁かれ、息を上げながらこくこく頷く。

ふたりで仲良くなるための行為で、与えられるばかりではいけないだろうし、自分も相手に触れたかった。

ぐっぐっとふたつまとめて摑む相手の手に震える両手を伸ばして上から添える。

「あっ、はっ、ハムロ殿……んっ、んぅん……っ」

身の内に入っているかのように腰を一緒に揺らされ、尖る乳首も舐めしゃぶられ、もう快感が奥から込み上げて出てしまうと思ったとき、根元を握られてせき止められる。

「あっ……！」

もうそこまで来ているのに意地悪をされ、どうして、と泣きそうな目で訴えると、

「……泉に飛び込む前だから、あんまり疲れちゃダメだろう？　出すと疲れるから、一回だけにしたほうがいいと思って」

と理由を告げられる。

腑に落ちないながらも頷くと、根元を縛めたまま尖端の小さな穴を舌でこじ開けるように舐められて悲鳴を上げる。

「やっ、いや、そんなことしたら、あぁっ……！」

吐精を禁じておきながら、敏感な場所に強い刺激を与えられ、過剰な快感と羞恥と達かせてもらえない辛さにアシェルは半泣きで左右に首を振る。

「ま、待って、それ……もう、僕がしますから、ハムロ殿はおやめを……！」

「え」

大きく開かされた脚の間に埋めていた顔を驚いたように上げられ、アシェルは涙目で肘をついて身を起こす。

自分がされる側では快感を我慢するのが辛いが、相手に同じことをする側ならすこしは楽だろうと思った。

「……嘘、いいの……？」

なぜか声を上ずらせている相手にこくんと頷き、座った相手の脚の間に入り込む。

自分がされたのと同じことをすればいいのだろうと、羞恥を堪えて相手の大きなものをそっと握り、唇を寄せる。

「……んっ……」

尖端に口づけて、舌をぬめる丸みに這わせる。

びくっと相手の太腿が揺れるのが目に入り、気持ちいいのかも、と思ったら、羞恥よりもっとやってあげたい気持ちがまさった。

大きく口を開けて尖端を含み、ちゅぷちゅぷ舐めながら唇で挟み、握った茎を撫でさする。

「……ん……ぁむ……ふ……んむ……」

熱心に奉仕するほど頭上で聞こえる相手の息遣いが荒くなり、きっとうまくやれているんだと喜びをもって唇と舌を遣う。

ちゃんと気持ちよさそうな顔をしているか確かめたくて口に入れたまま目を上げると、真顔で凝視されているのに気づいてやや怯む。

すごく大きいままだからしくじっているわけではない気がするけれど、なにか問題でもあったかと口から出して訊いてみようとしたとき、

「アシェル、一緒にやろう。俺もやるから、そのまま続けて？」

と相手は返事も聞かずに頭を自分の脚のほうに向けて横臥した。

「え……一緒とは……、ア、あぁっ……！」

横向きにさせられた上の脚を摑んで自分の肩にかけ、中心に顔を埋められる。

「いけませんっ、すぐ出てしまいますからっ……！」

太い屹立を握ったまま身を捩ろうとすると、

「いいよ、出して。ごめんね、ほんとは何回達ってもいいんだ。アシェルがぐったりしてても
ちゃんと俺が抱いて飛び込むから」
とさっきと言うことが違う怪しい態度で早口に言い、食いつくように喉奥までしゃぶりつか
れてしまう。
「あっ、やぁっ、んんっ、あぁんっ……！」
さっきよりも遠慮なくじゅぽじゅぽ頭を動かされ、尻たぶも揉みしだかれ、縋るように屹立
を掴みながら腰をうずうず揺すってしまう。
「あっ、アッ、も、出るぅっ……！」
強い吸啜に抗えずにビュクビュクッと相手の口中に白いものを出してしまい、あまりの快感
に視界をチカチカさせて放心していると、ごくっと相手の喉で嚥下する音が聞こえた。
「あ……！」
自分が口の中で出してしまったから、と恐縮して詫びようとしたが、長く焦らされたあとの
吐精の余韻に力が入らず、はぁはぁと喘ぐことしかできずに伏していると、身を起こした相手
にぎゅっと抱きしめられた。
「ごめん、アシェル。また強引にしちゃって。俺、ほんとにアシェルのこと、めちゃくちゃ優
しく紳士的に抱きたいんだよ。特に今日はご両親にも認めてもらって、しかも場所は本物のお
城だし、究極にロマンチックに抱きたいんだけど、アシェルが可愛すぎるのと、さっき食った

グァンピーの肉のせいだと思うんだけど、めちゃくちゃエロジジイな気分なんだよ」

「……『えろじじい』……？」

自分が見たてれびではそんな言葉は言っていなかったので意味がわからないが、相手はグァンピーのせいで前のときと気分が違っていると言いたい様子である。でも前回もこんな感じだったし、グァンピーの肉は滋養強壮にいいだけなのに、なにか誤解があるのでは、と首を傾げる。

相手はひしっと掻き抱いたまま、

「王様にアシェルのことを泣かせたらグァンピーの餌食にするって言われてるのに、アシェルのこと好きすぎて、泣いちゃうほど気持ちよくしたいっていうか、泣いちゃってもやめてあげられないっていうか、泣くまで続けたいっていうか、そういう気分なんだ、いま」

と、くどくど弁解がましく自分の状態を語っている。

だから、いまだけじゃなく前の時もそうだったのに、と思いながら、

「……ええと、大丈夫です、ハムロ殿が『えろじじい』でも。ハムロ殿が閨ではそういう風になることにすこし慣れてきましたし、父上はハムロ殿が僕を悲しませて泣かせることを案じておいでだっただけで、『えろじじい』だからといってグァンピーの餌食にはなさらないのでは……」

と答えると、相手は「アシェルッ！」とまたひしっと抱きしめ、顔じゅうにキスされる。

喜んでいるみたいだ、とほっと微笑んだら、いきなり身を反転させられ、また四つん這いにさせられた。

「アシェル、エロジジイでもいいって言ってくれたから、またお尻舐めるね。お城には潤滑剤になるものが厨房とかに行かないとないだろうし」

香油でも構わないならコンソールの引きだしに入っていますが、と答える前に、高く掲げられた腰の奥に濡れた舌を這わされる。

「は、あぁっ……ン！」

生き物のような舌で窄まりを舐め回され、ぶるっと全身の肌が粟立つ。

必死にシーツを摑んで、相手の舌がれろれろと孔を濡らす行為を大人しく堪える。

たぶん、すごく当然のようにするのでそんなにとんでもないことではないのだろうし、恥ずかしながらすこし気持ちもいい。

相手にされることはたいてい気持ちがいいことばかりだし、涙が出てしまっても、本気で苛めるためにやっているわけじゃないとわかるので、最初の恥ずかしさを我慢すれば、最後は必ず気持ちよくなれる。

「アン、アッ、う、ぅんっ……」

にゅるっと中にねじ込まれた舌を抜き差しされ、前で雫を垂らして揺れる性器も同時に扱かれ、遠慮がちに腰を振らずにはいられなくなる。

「……アシェル、お尻気持ちいい……？　それとも嫌……？」

「……き、きもちいいです……お尻も、前も……あっ、ひぁあ……っ」

濡れた指を入れられて中のひどく切ない場所をぐりぐりとまさぐられ、アシェルは四肢を震わせて悶える。

「……はぁっ、あっ、んんっ……」

長い指で内側の襞を掻き分けて擦られたり、ぐるりと回されたり、二本に増やされた指を中で拡げられたり、恥ずかしくてもすべて相手を受け入れるための準備だとわかっているので、ぐちゅぐちゅと卑猥な音を立てて蠢かされても、初めてのときより怯えずに受け入れられる。

やっとコンソールに香油があることを伝えると、さらに滑らかさを増した指を三本含まされ、後ろを拓きながら胸に手を伸ばして乳首も揉みしだかれ、腰をくねらせて悶えてしまう。

「ハムロ殿……ハムロ殿……」と喘ぎながら繰り返していたら、

「……ねえ、アシェル、そろそろ苗字と『殿』やめて、『岳さん』って呼んでくれないかな……」

と腰にキスしながら告げられる。

相手の国では『殿』も『卿』も言わないと居候時代に教わったが、パートナーだけが許される呼び方を使わせてくれるのか、とときめきで舞い上がる。

指が抜かれて今度は仰向かされ、両足を開かれた。

奥まった蕾（つぼみ）にぐりぐり熱い尖端を擦りつけられ、いよいよだ、と気を高ぶらせながら、たぶん自分の許可を待っている相手にアシェルは両手を伸ばす。

「……岳さん、どうか僕の中に、来てください……」

硬い肩に手を置いて見上げながらねだると、相手の瞳がぎらりと魔法使いのように色味を変える。

オレンジの香油を香らせながらずぶりと後孔（こうこう）を拡げられ、「あうぅん！」と高い声が出てしまう。

でも相手は自分がどんなに変な声を出しても、はしたなく身を揺すっても決して変だとは言わないし、むしろ愛（め）でてくれるように感じられる。

ゆっくりと身を進めてくる相手の顔が歯を食いしばるように歪（ゆが）み、こんな表情で挿（はい）ってくるなんて相手も苦しいのかと思ったら、

「……どうしよう、やばい、最高に気持ちいい……」

と呻（うめ）くように呟かれ、ほっと安堵する。

自分も「やばい」と伝えようと思ったが、最奥（さいおう）まで埋め込まれた怒張（どちょう）を息が整う前に入口まで一気に引き抜かれ、すぐに律動が始まって喘ぐことしかできなくなる。

「あっ、あぁっ、ひぁっ、うぅんっ……！」

恐ろしいほど長くて熱い性器を奥まで突き込まれ、襞（ひだ）をまといつかせて引き抜かれ、前後に

抜き差しするだけでなく回すようにも動かされ、中程の切ない場所も執拗に突き上げられて爪先を丸めて身悶える。

蜜を零す性器も嚢も、乳首も余さずまさぐられ、腰を繋ぎながら尻たぶを捏ねられたり、耳たぶを噛まれたり、相手は居候時代も素っ気ない顔で面倒見がよかったが、この行為でも抜かりなく、どこもかしこも手厚く構ってくれる。

当初の素っ気なかった相手が、いまこうして自分の中で激しく動いてくれていると思ったら、性感以上に心が感じて、アシェルは涙目で相手を見上げる。

「……岳さん……、僕と出会ってくださって、ありがとう、ございます……」

揺れながら切れ切れに心からの言葉を口にすると、相手は激しい抽挿を一時止め、汗まみれの精悍な顔に愛しくてたまらないものを見るような笑みを浮かべる。

「……こっちこそ、時代も世界も違うのに、俺のところに来てくれて、ありがとう……」

その言葉に、どなたかわからない、けれどどこかにいる自分を相手の元に送ってくれた不思議な力の持ち主に深く感謝したくなる。

胸の中で呟いた感謝の言葉は再開された律動のせいで途切れ、アシェルはなにも考えられずに相手の首にしがみついて絶頂へと駆け上がった。

＊＊＊＊＊

「ごめんね、アシェル。本当に立てなくしちゃって。妖獣の肉のせいなんだけど」

二度も濃厚な行為を続けざまにされ、リュカに跨るのも辛かったので、アシェルは泉まで抱いていくという恋人の申し出を受け入れた。

初めてのときから精力絶倫だったのに、まだグァンピーのせいにしている相手に苦笑して、夜の森の散歩を楽しむ。

満月の光と妖精の羽根から零れる光で夜でも真っ暗ではなかったし、居候時代はそばで見つめるだけで触れられなかった相手に密着して抱いてもらえるのが嬉しくて、無体をされても鷹揚な微笑で許せた。

「王子様、ハムロは『げんだいにほん』の言葉で言うと『むっつりすけべ』というそうですよ。ぴよちゃんに教わったのですが」

アシェルの襟首からピムが口を出すと、

「なんで雀がそんな言葉知ってんだよ。ていうか、なんでおまえまで一緒に戻る気になってんだ。おまえは来なくていいよ、新婚だってのに」

と恋人が嫌そうな顔をして文句を言う。

「王子様が私がいないと淋しいと仰せだし、王様も一緒に行くようにとお命じになったのだ。やっぱり『むっつりすけべ』だから私が邪魔なのだな」

「違う、俺は『むっつり』じゃなく堂々とすけべだ。じゃなくて……！」

仲がいいのか悪いのかよくわからないふたりのやりとりに微笑して、アシェルは恋人を見上げる。

「では、岳さん、ピムには時々ぴよちゃんのところに行ってもらいましょう。あとは、ベランダにピムの家を置くのもいいかもしれません。おもちゃ屋さんのちらしに小さな動物の人形が住んでいる家が載っていて、ピムも気に入って眺めていたので、あちらに行ったらまた金貨を換金して買ってあげようかと」

そう言うと、「えぇっ、あの素敵な二階建ての家を⁉」とピムが喜んで「あっ！」と失禁する。

もう、と苦笑しつつ、あちらについたらまたすぐ『じゃーじ』に着替えるからいいか、とおおらかに許し、アシェルは岳に言った。

「岳さん、ピムも連れていってもいいでしょう？　やはり岳さんがお仕事の間、ピムもいたほうが楽しいので」

恋人は自分に甘いし、下僕のように尽くすと父にも誓ってくれたし、ピムのことも口で言うほど嫌っていないのは知っているのでもうひと押しお願いすると、

「……しょうがないな、『鷹と王子』の結びも『こうして王子は泉に戻り、愛するフランシア姫と鷹のギードといつまでも幸せに暮らしました』だしな。さしずめ俺たちは『こうして王子は現代日本に戻り、愛する警察官とリスのピムといつまでも幸せに暮らしました』になるんだろうな」

と溜息をついて苦笑され、なんて最高の結びなんだろう、とアシェルは素敵なアレンジをしてくれた恋人ににっこりと笑みかけた。

あとがき

AFTERWORD

―小林典雅―


こんにちは、またははじめまして、小林典雅と申します。

本作はお伽噺や魔法とは無縁のリアリストだけど面倒見のいい警察官と、童話の世界から来た純情一途な王子様の時空を超えた（そんな壮大なものではありませんが）（笑）恋物語です。

ディ〇ニー映画が好きなのですが、いつもお姫様と王子様が結ばれるので、たまには同性パートナーを選ぶ作品もあったら、子供たちのまだ柔らかい心に多様性を教えられるのではと思っていたのと、本や映画のキャラが現実の世界に出てきてしまう設定が好きなので、本作を書かせていただきました。ただ童話の主役本人が抜け出てくると、その後本の中に戻らないといけなくなるかと思い、悲恋エンド回避のために童話の主役の曾孫という設定にしました。

ほかにも「嘘やろ！」設定がてんこもりで、『願いの泉』からなんで風呂場に繋がるんだとか（初対面が裸というシチュは大事かと）、なんで言葉が通じるんだとか（アシェルは国ではカールハート語を話していて、童話が翻訳されている国に行けば自然に現地語がしゃべれる設定で、岳は迎えに行ったとき、アシェルや王様たちの言葉がわからなくて、ケアリー卿が魔法で翻訳してくれる裏設定も考えていたのですが、説明くさいのでファンタジー補正で一発で通じることにしました）、妖獣グァンピーってなんだとか（私の中では黒くてけむくじゃらな巨大な狼的なものをイメージしてます）、時間の流れ方とかつっこみどころ満載だと思いますが、ありえへん設定も童心に返って「そうなんだ～」とお読みいただけたらありがたいです。

メルヘンでも一応地に足ついた部分も入れようと、初稿では岳がアシェルをメルヘンの王子と認めるまで100Pも疑いまくり、高度なメカのリスを創った若き天才ロボット工学博士なんじゃないかとかあらゆる仮説を立ててメルヘンを否定したり、ピムももっとしゃべりまくってたら、担当様から「異世界ファンタジーのお約束で疑うシーンはあっさり済ませて早く本篇に入ってください。ピムもしゃべりすぎて話が進まないので途中まで気絶させてください」と指導が入り、急いでピムを脱水するシーンにしたら気に入ってもらえて嬉しかったです。毎度フラグが遠のく方向に力入れすぎてすみません。今後もご指導よろしくお願いいたします！

今回は麻々原絵里依先生に挿絵を描いていただけると先に決まって、嬉しくて嬉しくて、麻々原先生に描いていただけるなら王子様が見たいかも！　という野望からお話を考えました。麻々原先生に描いていただくのは二冊目で、本当に先生の絵が大好きなのでめちゃくちゃ幸せでした。お忙しい中、可愛いアシェルとかっこいい岳を本当にありがとうございました！

現実では依然として感染の収束が見通せない状況が続いているので、お話の中くらいとことん憂いのない多幸感しかないビタミンBLにしようといつにも増して心がけました。ひととき現実離れした甘くて夢のあるメルヘンラブコメでわくわくにまにまハッピーな気分になっていただけたらとても嬉しいです。またお目にかかれますように。

その後のふたり

カールハートから戻ってきてすぐ、岳（がく）は王様と約束したとおり、アシェルが現代日本で健康で文化的な普通の暮らしができるように各方面に動いた。

寮を出るにあたっては上司の許可が必要なので、生活安全課の増子（ましこ）課長にアシェルとのことをメルヘンの王子という部分は脚色して事情を打ち明けた。

記憶喪失（そうしつ）の外国人の少年がびしょ濡れで行先もわからず迷子になっているところに遭遇（そうぐう）して保護し、熱を出してしまったので泊めてやると、日常のことをなにもわからないので保護施設に入れるのも忍びなく、面倒見ているうちに互いに唯一無二の存在になっていた、という説明をした。

ほかの職種だったら誰とどこで暮らそうが個人の自由だが、警察ではそうもいかないので、なんとか嘘と事実を混ぜ込んで理解を求めると、品定めに一度会わせろと言われた。

今後も日本国籍を取るためには複数の面接を受けるのは必至なので、日本に来るまでのことを聞かれてもカールハートのことは一切言わずに「覚えていません」「わかりません」というようにと言い含めて増子課長に会わせた。

ボロが出ないかハラハラしたが、アシェルはこの試練を乗り越えたら安心してずっと一緒にいられるようになるから、という岳の言葉に奮起してうまくやってくれた。増子課長は「あれはおまえが落ちるのもわかるわ。いまどき珍しいくらい純真ないい子だし、なにも覚えてなくても悪い育ちとは思えないし、とんでもない美形だし、なによりおまえのことを本気で慕ってるしな」と言ってくれた。

課長は念のためアシェルの前科前歴や捜索願の出ている行方不明者のデータベースを調べて該当なしと確認してから、「おまえはせっかく俺がスカウトした優秀な部下だから、こんなことで手放すのも惜しいからな」と温情的に退寮許可を出してくれた。

もし身元不詳の同性パートナーとは別れろなどと言われたら、潔く警察をやめて警備会社や探偵業やＩＴ関連企業に再就職しようと思っていたので、度量の大きい上司でありがたかった。

早速２ＬＤＫの新居を探して引っ越し、もうアシェルにこそこそ隠れるように暮らさせる必要はなくなったが、まだ自分と一緒のとき以外はひとりで出歩かないでほしいと伝えた。

もうすこしこちらの世界に慣れるまで時間が必要だと思ったし、感染もまだ心配だし、以前にも増して通り魔やひき逃げや誘拐などの事件に巻き込ませたくないという気持ちが強くなり、事件性がなくてもナンパやモデル事務所のスカウトなど、アシェルをひとりで外に出せば心配が大きすぎて自由に冒険していいとはまだ言えなかった。

アシェルはひきこもりの続行に特に異は唱えず、

「わかりました。僕ももうすこしてれびを見て勉強したほうがいいと思っておりましたし、外出は岳さんと一緒のほうが楽しいので、岳さんがいないときはピムと大人しくしております」と健気なことを言ってくれた。

ピムには身体のサイズに合うドールハウスを買い、「ピムハウス」と命名してベランダに設置した。

家は気に入って大喜びし、夜は文句を言わずにそこで寝てくれるが、なかなかふたりきりにさせてくれないので、なるべくピムハウスに居たがるようにおもちゃの家具を充実させ、ガラスの小瓶に飲み物を入れて小さなコルクで栓をして、ヒマワリの種をスナック菓子がわりにおもちゃの器に盛り、幼児用ミニ図鑑を置いたりしてベランダに追いやろうと努めている。

休みの日はアシェルと一緒に買い出しに行って、料理を一緒に作ったり、日本語の文字を読めるようになりたいとリクエストされて教えたりしている。

元々頭がよく飲み込みが早いので、ひらがなはすぐに覚えていまはカタカナを教えており、スーパーの店頭で「……ええと、これは、『とろけるミックスチーズ』、かな」などとブツブツ呟いている姿を見るのも可愛くてキュンとする。

スーパーやドラッグストアに行くだけでデートのように喜んでくれるが、もうすこしデートらしいデートもしたくて、先日は海を見たことがないアシェルをドライブデートに連れていったら大感激してくれた。

一度は実家にも連れていき、親にも紹介した。直接会わせる前に電話で打ち明けて心積もりをしてもらったせいもあり、消防士の父と看護師の母はアシェルの美貌に驚いただけで、関係については驚かずに受け入れてくれた。

元々命の現場で働いており、パンデミックも経験して余計に命の儚さや無常を感じていたふたりは、アシェルの性質の良さと可愛げに好感を抱いてくれ、真剣に想いあっているなら、相手が男でも外国人でも記憶喪失でも構わないから精一杯大事にしなさいと言ってくれた。

あとは就籍申請が受理されれば、残る問題はカールハートへの半年に一度の里帰りのときに自分がどれだけ向こうに慣れるかということのみだった。

まあ、グァンピーの肉も食えたし、なんとかなるだろう、と思いつつ、当直のシフトに入る。

生活安全課は基本的には週休二日の日勤だが、月に数回夜勤の当番がある。

勤務先の警察署に二十人ほどの当番が全員制服で詰めて、夜間の通報に対応したり、ミニ検問をしたり、パトカーで警邏に出たりして地域の治安を守る。

何事もなければ五時間くらい仮眠できるが、管内で事件が起きれば初動に駆けつけ、そのまま翌日も帰れなくなることもある。

「アシェル、俺、今日は当直だから、今日の分の弁当は作っといたけど、明日の分は自分でパン焼いたり、冷蔵庫のおかずをチンして食べてくれる？　あと戸締まりをしっかりして、ピンポン鳴っても出なくていいし、携帯も俺以外の着信はスルーしていいからね」

最近持たせた携帯も使いこなせているし、いままでも当直の夜に留守番させても問題なかったので大丈夫だとは思うが、毎度七匹のこやぎのお母さんやぎのように言い含めてしまう。

アシェルは微笑して頷き、

「大丈夫です。『とーすたー』も『チン』もうまくできるようになりましたし、ご安心ください。今夜は岳さんのお母様にいただいた岳さんのアルバムをじっくり眺めて過ごす予定です」

いってらっしゃい、と送り出され、何事もなく明日の昼には普通に帰れますように、と祈りながら勤務につく。

十九時頃に休憩に入った受付当番と交代して窓口に座ったとき、ガラスの自動ドアが開く音がしてそちらに目をやり、岳は顎が外れそうになった。

「こんばんは」

遠慮がちに入ってきたアシェルが岳を見つけてにっこり笑いかけてくる。

「ちょっ、ア……！」

なんで⁉ と思わず叫びそうになりながら、一緒に受付当番についていた先輩に「ちょっと失礼します、知り合いなもので」と断って席を立ち、急いで入口まで駆けつける。

「アシェル、どうした、なんでこんなところに……なんかあったのか？」

同僚たちの視線から背で隠しながら小声で問うと、アシェルはにこやかに岳を見上げた。

「お仕事中に申し訳ありません。前にてれびで『けいさつ二十四じ』というのを見たら、なにかを拾ったら最寄りの『けいさつしょ』か『こうばん』に届けると知ったものですから」

「え、なんか拾ったの？」と問うと、アシェルは照れ笑いを浮かべて岳の顔から視線を下げ、下まで見ろしてからぽっと頬を赤くし、ピムが顔を出すミニトートから小さな紙を取り出しながら目をあげた。

「……実は、さきほど岳さんのアルバムを拝見していたら、『けいさつかん』になられたばかりの岳さんの『しゃしん』があり、制服姿がとても素敵だったので、どうしても本物が見たくなってしまって、『とうちょく』のときは制服だと伺っていたので、拾い物を届けるフリで見に来てしまいました。やはり大変かっこよくて、見に来てよかったです」

いや、これはコスプレじゃないんだが、と思いつつ可愛さに悶えていると、一応『ありばい』のために拾い物を用意しました、と手にした紙を差し出される。

視線を落とすと、アシェルの字で『がくさん、だいすき』と書いてある。

またきゅうん、と激しく溺愛中枢を直撃されたが、ここで抱きしめるわけにもいかずに葛藤していると、アシェルは満足したように「では、これで帰ります。お邪魔しました。お仕事頑張ってください」と会釈して出ていこうとした。

岳は「待って」と急いでポケットからメモを出して殴り書きして一枚破り、

「気を付けて帰るんだぞ」

と鹿爪らしい声で言いながら『おれもあいしてる』と書いたメモを恋人の手に握らせた。

この本を読んでのご意見、ご感想などをお寄せください。
小林典雅先生・麻々原絵里依先生へのはげましのおたよりもお待ちしております。

〒113-0024　東京都文京区西片2-19-18　新書館
[編集部へのご意見・ご感想] ディアプラス編集部「王子ですが、お嫁にきました」係
[先生方へのおたより] ディアプラス編集部気付　○○先生

- 初出 -
王子ですが、お嫁にきました：書き下ろし
その後のふたり：書き下ろし

[おうじですが、およめにきました]
王子ですが、お嫁にきました
著者：小林典雅 こばやし・てんが
初版発行：2021年7月25日

発行所：株式会社 新書館
[編集] 〒113-0024
東京都文京区西片2-19-18　電話（03）3811-2631
[営業] 〒174-0043
東京都板橋区坂下1-22-14　電話（03）5970-3840
[URL] https://www.shinshokan.co.jp/

印刷・製本：株式会社光邦

ISBN978-4-403-52533-9 ©Tenga KOBAYASHI 2021 Printed in Japan